むこう岸

安田夏菜

講談社

むこう岸

目次

十二歳《さい》の春
―山之内和真《やまのうちかずま》―

小さなころから、勉強だけは得意だった。

ぼくは、周りのみんなが二桁《けた》の引き算でつまずいたり、漢字を覚えられなくて四苦八苦しているのが不思議でしかたなかった。どうしてなんだろう？　と純粋《じゅんすい》に疑問《ぎもん》だった。

「和真くんって、かしこい！」

「和真って、天才かも！」

そうほめられて低学年のころは得意になっていたけれど、そのうち、ちょっと自分が周りから浮《う》いているのに気がついた。

スポーツが得意とか、おもしろいことが言えるとか、見た目がすばらしいという長所は無条件《むじょうけん》に称《たた》えられる。しかし、ぼくのように運動神経《うんどうしんけい》ゼロで真面目なことしか言えず、見た目は老《ふ》けており、勉強だけできるというタイプは、学校での立ち位置が微妙《びみょう》なのだ。

そんなことはまったくないのに、「めちゃくちゃ勉強させられているらしい」とうわさが立ったり、宿題を教えてと言われて教えたのに、「えらそうだった」と陰口《かげぐち》を叩《たた》かれたりした。そのうえ、「和真の家は金持ち」という、あらぬ情報《じょうほう》まで流れるようになった。

「金持ちなんかじゃない！」

ぼくは、弁明《べんめい》せねばならなかった。

「父さんは、たしかにお医者さんだよ。けれどお医者さんが、全員金持ちだと思ったら大まちがいなんだ。大学病院の給料なんてすごく安くて、せいぜいサラリーマンに毛の生えた程度《ていど》なんだって。母さんだって、妹のバレエの月謝《げっしゃ》が高いっていつも愚痴《ぐち》ってる。車だって、ガソリン代が安くなるハイブリッド車だし、うちなんて全然ふつうだよ！」

またそのころ、お腹《なか》の風邪《かぜ》にかかって、学校を数日休んだことがあった。

「なんで休んでたの？」とクラスメイトが聞いてきたので、「腹痛《ふくつう》」と答えると「え？」と首をかしげた。

聞こえていないのだと思い、何度も「ふくつう！　ふくつう！」と繰《く》り返《かえ》したのに通じない。なぜ通じないのかと思いつつ、「お腹が痛《いた》かったんだ」と言いかえると、すぐに通じた。

「なんだよ！　はらいたなら、はらいたって言えよ！」

そう怒鳴《どな》られて困惑《こんわく》し、

「はらいたのことを、ふつう腹痛って言うんだけど……。知らないんだ」

そう答えたことが、決定的な反感を買ったようだった。

ぼくはますます浮《う》いてしまい、いろいろひどくいじめられて、たいへん辛《つら》い思いをした。あのころのことは、もう思いだすのも嫌《いや》だ。

自分の世渡《よわた》りの下手さにも嫌気がさし、どんどん無口に、呼吸《こきゅう》すら遠慮《えんりょ》がちに過《す》ごしていた四年生の初夏。

両親が事情《じじょう》に気づいた。父さんが学校に怒鳴《どな》りこみ、「中学からは私立《しりつ》に行きなさい」と勧《すす》めるようになった。

「周囲のレベルに、合わせるような必要はない」

父さんはいつも、バッサリと切《き》り捨《す》てるような言い方をする。

「和真はもっと、自分に合った環境《かんきょう》に行くべきだ」

なるほど、と思った。周囲のレベルに合わせなくてよいという意見は、胸《むね》に響《ひび》いた。そうだ。腹痛《ふくつう》を腹痛と言って、ちゃんと通じるレベルの世界に行けばいいのだ。そういう世界こそが、幸せに通じているような気がする。

こうしてぼくは、中学受験塾《じゅけんじゅく》に入塾した。塾での勉強は楽しく、同時に苦しかった。

模擬試験《もぎしけん》を受けると、何人中何番であるかがすぐにわかり、同時に偏差値《へんさち》がはじき出される。

ぼくの偏差値は六十を常《つね》に突破《とっぱ》していたけれど、第一志望《だいいちしぼう》にした蒼洋中学《そうようちゅうがく》の偏差値には、十ほども足りなかった。蒼洋中学は中高一貫《ちゅうこういっかん》の、超難関《ちょうなんかん》男子校だ。

「あきらめるな」と、父さんは言った。

「意志《いし》を強く持て。努力は人を裏切《うらぎ》らない」

最後の夏休みなど朝から晩《ばん》まで、塾《じゅく》に缶詰《かんづめ》になって勉強した。家に帰って復習《ふくしゅう》をしてたら鼻血が出たけど、ティッシュを鼻につめこんで勉強を続けた。

偏差値《へんさち》はジワジワと上昇《じょうしょう》した。

「よくやった、よくやった！」

今、蒼洋中学の校庭で、塾の先生がぼくに抱《だ》きついている。母さんは喜びのあまり泣きくずれ、父さんは興奮状態《こうふんじょうたい》で、合格掲示板《ごうかくけいじばん》の前を熊《くま》のように行ったり来たりしている。ふだん生意気な妹が、「おにーちゃんすごい。おにーちゃんすごい」とピョンピョンはねている。

ぼくは掲示板を見上げ、眼鏡《めがね》をかけなおして自分の番号を何度も何度もたしかめ、叫《さけ》びだしたくなるような誇《ほこ》らしさに心を震《ふる》わせた。

もうぼくは無力にいじめられていた、かつてのぼくではない。努力を続け、苦難《くなん》に耐《た》え、この大きな成功を自らの手で勝ちとったのだ。

さようなら、楽しくなかった小学校。

ぼくはきみたちとは、違《ちが》う世界に行く。

おなじく十二歳《さい》の春
―佐野樹希《さのいつき》―


ちっちゃいころから、台風の日が大好きだった。

横殴《よこなぐ》りの雨の中、わざわざ家の外に出る。びゅうびゅう吹《ふ》く風で傘《かさ》が逆《さか》さにひっくり返り、吹き飛ばされそうになってキャッキャとはしゃいだ。

「さすが、オレの子じゃん」

パパは喜んだ。

「樹希はきっと、タフな女になるぜ」

そう言われれば、転んでひざをすりむいたくらいじゃ泣いたことなんかない。ホラーな映像《えいぞう》を見たあとも、ちゃんと夜中におしっこに行けたし、高いところから飛びおりる勝負は無敵《むてき》に強かった。弱いものいじめしている男子なんか、みんな泣かしてやった。

台風だろうがハリケーンだろうが、かかってこいだ!

ところが小五のとき、超《ちょう》ド級《きゅう》の台風があたしの家を襲《おそ》った。

パパが、死んだ。

バイクで山道を走っていて、ガードレールを突《つ》き破《やぶ》って崖下《がけした》に落っこちた。即死《そくし》だった。

警察《けいさつ》で調べたら、体から大量のアルコールが出てきた。パパはぐでんぐでんに酔《よ》っぱらった状《じょう》態《たい》で、バイクを走らせていたわけだ。

さらに葬式《そうしき》のあと、びっくりするような額《がく》の借金まで出てきた。

パパはそのころ、商店街でカフェ兼《けん》スナックをやってたんだけど、ママはいつもお客が少ないことを気にしてた。それを指摘《してき》されると、パパはいつも「なんとかなるんじゃね?」と答えてたけど、さらに愚痴《ぐち》を言われるとキレて椅子《いす》を投げた。

「なんとかなるんじゃね?」「なんとかなるんじゃね?」と言いながら、借金だらけになってたなんてあきれる。そしてもっとあきれたことに、パパが死んだふた月後に、ママのお腹《なか》に赤《あか》ん坊《ぼう》がいることがわかった。

あたしんちは、たちまち生活に困《こま》った。

もともと人づきあいが苦手で、店の手伝いも満足にできなかったママ。パパに文句《もんく》を言いながら、パパに頼《たよ》りっきりだったママ。

親戚関係《しんせきかんけい》にすがったけれど、誰《だれ》も助けてくれなかった。

パパは両親と仲が悪くて、若《わか》いころに家を飛び出していたし、ママの実家は遠いうえに貧乏《びんぼう》だ。おじいちゃんもおばあちゃんも、かわるがわる病気ばかりしている。助けてほしいのはこっちだと、逆《ぎゃく》に借金を申しこまれる始末だった。

ひとりぼっちのママは、そのあとしょっちゅう体調をくずすようになった。

わけもなく動悸《どうき》が激《はげ》しくなって、息もできなくなってパニックになる。ある日、救急車で病院に運ばれて、「パニック障害《しょうがい》」という心の病気だと診断《しんだん》された。

「お母さんはね、今、心が疲《つか》れきってるの。それでこんな発作《ほっさ》が起きるのね。そのうえ、お腹《なか》に赤ちゃんがいて、腎臓《じんぞう》の働きもあんまりよくないみたいだし……」

背《せ》の高い、きりっとした目の看護師《かんごし》さんが、そう説明してくれた。

「ママ、死んじゃうの？」

「そんなことない。これから病院で、ちゃんと治療《ちりょう》をすればだいじょうぶ。けれど……、健康保《けんこうほ》険《けん》が滞納《たいのう》になってるみたいなのね。あなた、ちゃんとご飯は食べてる？」

あたしは首を横に振《ふ》った。パパが死んでからママは料理もしなくなって、菓子《かし》パンやバナナばっかり食べていた。

看護師さんが、背中をさすってくれた。なんだか泣けた。

あたしんちは、「生活保護《せいかつほご》」というのを受けることになった。

病気やらなにやらで働けなくて、お金がなくなって、このままだとマジやばいというレベルのド貧乏《びんぼう》になったとき。国がお金を出して、助けてくれるらしい。

ママがなんにも働いていないのに、月々お金をもらえることになった。産婦人科《さんふじんか》と心療内科《しんりょうないか》に払《はら》うお金も、全部タダになった。ベビー布団《ぶとん》だとかおむつだとか、そういうものを準備《じゅんび》するお金ももらえた。

まもなく、無事赤《あか》ん坊《ぼう》が生まれた。妹の奈津希《なつき》だ。

ママのお腹《なか》にいたときには、なんでこんなときに赤ん坊なんだよーと思ってたけど、生まれてみると妹はめちゃくちゃ可愛《かわい》かった。

あたしと奈津希とママ。まるで普通《ふつう》の家みたいだ。食べるものも着るものも、ぜいたくは無理だけどちゃんと買える。

春からあたしは中学生になる。制服《せいふく》やら学用品やら準備するのに、お金かかるんじゃないのとママに聞いたら、そのお金もちゃーんともらえるんだそうだ。

生活保護《せいかつほご》、ありがとう。

世の中、なんとかなるもんだって思ったら、「なんとかなるんじゃね?」っていうパパの口癖《くちぐせ》を思いだした。

こんなになんとかなってるのに……。死んじゃうことなんてなかったね、パパ。

1 挫折《ざせつ》〈山之内和真《やまのうちかずま》〉

帰りの会が終わると同時に、教室はざわめき立つ。

部活の準備《じゅんび》をしているもの。つつきあって、じゃれあっているもの。週末に遊ぶ約束をしているもの。

その中で、ぼくはうつむいて帰《かえ》り支度《じたく》を整えていた。早く帰って塾《じゅく》に行かねば。

中三になると同時に、この公立中学に転校してきた。

今日で六日目だが、心身ともにまだまったく慣《な》れない。キャアキャアと甲高《かんだか》い女子の声を教室で聞くのは二年ぶりだし、詰《つ》め襟《えり》の学生服に身を包むのは、生まれて初めてだ。

なんだって、こんな固い襟に首を圧迫《あっぱく》されなければいけないのだろうか。ここの学校の制服《せいふく》が、せめてブレザータイプだったらよかったと、うらめしく思う。なにしろ、前の学校には制服などなかった。服装《ふくそう》はすべて自由だった。校則《こうそく》すらほとんどなかった。

そのことをなつかしく思いだし、すぐに胸《むね》がずきりと痛《いた》む。

ぼくには、あの自由を謳歌《おうか》するだけの才能《さいのう》がなかった。

海　闊《ひろ》くして魚の躍《おど》るに従《したが》い
天　空《くう》にして鳥の飛ぶに任《まか》す

蒼洋中学《そうようちゅうがく》のエントランスには、有名な書家《しょか》が書いたというこの言葉が、墨《すみ》も黒々と額縁《がくぶち》に入って飾《かざ》られていた。それは学校の教育方針《きょういくほうしん》をあらわしたもので、生徒の自主性《じしゅせい》にすべてを任せ、おおらかに見守るということだと入学式のときに聞いた。

能力が高い生徒ばかりだから、このように信頼《しんらい》してくれるのだ。誇《ほこ》らしさで、胸《むね》がぷうとふくらんだことを覚えている。

しかしその感情《かんじょう》は、次第《しだい》に次第に、別の感情へと変化していった。

劣等感《れっとうかん》だ。

ぼくは、同級生たちの才能に圧倒《あっとう》されてしまった。その差に絶望《ぜつぼう》してしまった。難関校《なんかんこう》の生徒といえば、ガリガリ勉強ばかりしているイメージがあるかもしれないが、実際《じっさい》はまったく違《ちが》う。真《しん》に頭のよい連中というのは、実に自由で天真爛漫《てんしんらんまん》なのだ。

好きなスポーツで、のびのびと汗《あせ》を流すもの。

鉄道や、囲碁《いご》や、パソコンソフト作成など、マニアックな趣味《しゅみ》にのめりこんでいるもの。

ダンスやバンド活動で、周辺の女子校生に人気を博すもの。

また学問を趣味として楽しみ、数学オリンピックや化学オリンピックを目指し、実際《じっさい》にメダルをとってくるもの。

そんなふうに自由に青春を楽しみながら、いざテストになると異常《いじょう》な集中力を発揮《はっき》して、苦もなく高得点を叩《たた》き出《だ》してくるのである。

言われるがままコツコツ勉強し、自分を絞《しぼ》り切《き》るような努力でやっとの思いで合格《ごうかく》したぼくは、正真正銘《しょうしんしょうめい》の凡人《ぼんじん》だった。公立小では賢《かしこ》い賢いと言われていたが、蒼洋中学ではどうがんばっても底辺なのである。

「山之内くん、どうしようかねえ」

担任《たんにん》の数学教師《きょうし》が、半笑いの顔でぼくを呼《よ》び出《だ》したのは中二の冬だ。

「もしかしてぼくがやってる授業《じゅぎょう》とか、宇宙語《うちゅうご》になってない？　授業聞いてても意味わかんないでしょ？」

図星をさされ、うなだれる。

もともと理数系《りすうけい》は得意でなかったから、中学ではさらに努力しようと思っていた。

しかし、ぼくが三十分かけて解《と》く問題を、三分間で解いてしまう級友たち。その級友たちのレベルに合わせた、基礎《きそ》を全部すっ飛ばした授業《じゅぎょう》。あっというまにぼくは、周回遅《しゅうかいおく》れのランナーになった。

「理科もだし……、英語もやばいよね……」

理数系《りすうけい》で最初から落ちこぼれ、その勉強に時間をかけすぎた結果、英語もおろそかになってしまった。同級生たちは、小学生のうちに英語の基礎を固めてきたものも多く、帰国子女もけっこういた。

英数理とも最底辺。授業にまったくついていけず、もはや勉強への意欲《いよく》すら失われつつある。定期テストの前日など食欲もなく、夜も眠《ねむ》れなくなって、肝心《かんじん》のテストの時間は頭に霧《きり》がかかったようだ。

ぼくはひょっとすると、神経《しんけい》を病《や》みかけているのかもしれなかった。

「今日は、早いうちに、今後のことを相談したいと思って呼《よ》んだんだ」

先生がやさしげな口調の中から、核心《かくしん》に触《ふ》れようとしているのがわかる。

この学校は中高一貫校《ちゅうこういっかんこう》だ。エスカレーター式に、蒼洋中学から蒼洋高校へと続いている。しかし中学入学時の生徒数と、高校進学時の生徒数は必ずしも一致《いっち》していない。毎年ポツポツと減《へ》っていく。退学《たいがく》するものが出るからだ。

「中三になるとね、本校の学習ペースはますます早くなる。今のままだとほんとうになにがなんだかわからなくなって、授業《じゅぎょう》に出るのが苦痛《くつう》になると思うよ」

そのとおりだ。今でも十分苦痛だ。

「きみに提示《ていじ》したい選択肢《せんたくし》は、ふたつある。

ひとつ目は、もう少し基礎《きそ》から教えてくれる、ほかの学校に転校するということ。今なら高校入試までに、自分の学習ペースをとりもどすことができると思うよ。

ふたつ目は、あくまでこの学校でがんばるということ。ただし、ふたつ目にはリスクがある。今のままだと、今後留年《りゅうねん》する可能性《かのうせい》が高いと思うんだ。そうなると、精神的《せいしんてき》な苦痛で不登校になるものも多くてね……。そういうことも踏《ふ》まえて、今後の自分の進路について考えてみてほしい。選ぶのはきみだから。きみの自由だ」

ぼくは選べなかった。どうしていいやらわからなかった。

代わりに選んだのは、やはり父さんだった。父さんはとても不機嫌《ふきげん》だった。

「蒼洋中学は、ひとまずやめなさい」

いつものバッサリと切《き》り捨《す》てるような口調で、きっぱりとぼくに指示《しじ》をくだした。

「そして、この学区の公立中学に転入する」

え？　とぼくは聞きかえし、それからフルフルと首を振《ふ》った。

それだけは嫌《いや》だ。小学生のときの辛《つら》い記憶《きおく》がよみがえる。

賢《かしこ》いと言われ、金持ちと言われ、理不尽《りふじん》にいじめられた記憶《きおく》だ。あれ以来学校は、座《すわ》り心地《ごこち》の悪い椅子《いす》みたいで、ここは自分の居場所《いばしょ》ではないという思いがしみついた。

なのに、あの場所にもどる？　近所の公立中学は、通っていた公立小からの進学者だらけだ。みんなぼくが、蒼洋中学に進学したことを知っている。

エリートだ、選ばれしものだ、神レベルだのと、合格後《ごうかくご》にどれだけはやしたてられたことか。それなのに、おめおめと落ちこぼれとしてもどったら、なんと言われることだろう。

「和真は、もっと強くならないとだめだ」

顔から血の気が引いているぼくに、父さんはさらに言いつのる。

「公立中から、高校を受験しなおしなさい。高校募集《ぼしゅう》している私学《しがく》にもいい学校がある。公立でも大学進学実績《じっせき》のあるトップ校があるだろ。なんなら蒼洋高校だって、何人かは高校募集しているしな。いっそ、蒼洋高に合格して先生を見返してやればどうだ。死ぬ気で努力すれば、不可能《ふかのう》じゃない」

いったい、父さんはなにを言っているのだろう。そんなことが、できるわけないじゃないか。蒼洋高校の難易度《なんいど》は、中学よりさらに高いと言われている。中学で落ちこぼれたぼくが、受験しなおして入れるわけがない。

そのとき、父さんとぼくのあいだに割《わ》って入《はい》ってくれたのは、母さんだった。

「お願いだから、近所の公立だけはやめましょう。ね？　あそこは和真が蒼洋に行ってたことを知っている子だらけだし。またからかわれでもして、辛《つら》い目にあったら……」

「甘《あま》いな。だから、こんなことになったんだ」

父さんは、母さんをにらみつける。

「誰《だれ》にだって苦労はあるが、それを乗《の》り越《こ》えなくてどうする。小学生ならともかく、もう中学生なんだぞ。あえて苦しい環境《かんきょう》から自分を鍛《きた》えなおしたほうがいい」

「で、でも、和真はあなたと違《ちが》って気弱なところがあるから……。じゃあ、せめて、別の学区の公立中学で再《さい》スタートしたらどうかしら。このへんの公立中は、今は自由選択制《じゆうせんたくせい》になってるはずだから、希望すれば遠くの公立にも行けると思うし」

「だから、それが甘いと……」

「もしも、和真があなたの言うとおりにして、ますますたいへんなことになったら」

いつも父さんの前では遠慮《えんりょ》がちな母さんが、そのときは背中《せなか》の毛を逆立《さかだ》てた猫《ねこ》みたいになっていた。

「一生、うらみますからね」

そうしてぼくは、ぼくのことを誰も知るものがいない、この中学に転入してきたのだった。母

さんには心から感謝《かんしゃ》をしている。ありがたいと思いつつ席を立って帰ろうとすると、

「ねえねえ」

甘酸《あまず》っぱい声が背後《はいご》でして、制服《せいふく》の肩《かた》のところをつつかれた。

ふわりと、よい匂《にお》いがする。

後ろの席に座《すわ》っている、城田《しろた》さんだ。下の名前は……、たしか、エマという。頰《ほお》のあたりが熱くなる。

先月まで男子校だったから、学校に女子がいるだけでも刺激的《しげきてき》なのに、この城田さんはポッテリしたピンクの唇《くちびる》をしており、髪《かみ》はサラサラツヤツヤしており、スカート丈《たけ》は短めだ。アニメの少女みたいな声をしているが、それにもなんだか、ゾクゾクッとするのである。

「あのさー」

小首をかしげて、ぼくの顔をのぞきこむ。

「山之内くんって、家の事情《じじょう》で引《ひ》っ越《こ》してきたって言ってたけど、なんでうちの中学を選んだの？」

ドクッとこめかみの血管が、ふくれあがるような感覚に見舞《みま》われる。

「わざわざ電車に乗って、ここまで通ってるんだよね。なんでー？」

「ほんとだよな。家の近所にも学校あるだろうに」

そばにいた男子数人も、ぼくの答えを待っている様子だ。

「そそそ、それは」

必死に平静を装《よそお》おうとするが、どもってしまう。しかし、あらかじめ自分の中で設定《せってい》しておいたストーリーを説明する。

「あのう、ここの市は親の故郷《こきょう》で、父さんが昔この中学の生徒だったんだ。自分の母校だから、ちょっと遠いけどここに通うことを勧《すす》めてきて」

「へー、そうなんだー。で、前はどこの学校だったっけ？」

「……静岡《しずおか》……」と答えたのは、父さんが昔そのあたりの病院に勤《つと》めていて、ぼくも住んでいたことがあるからだ。もっとも二歳《さい》くらいだったから、てんで覚えちゃいないが。

「え——？　そうなの？　エマのおばあちゃんね、静岡市に住んでるの。駿河区《するがく》だよ。ねえねえ、山之内くんはどこだった？」

頭の中がカーッと熱くなって、押《お》し黙《だま》る。こういう会話の流れになろうとは、想定していなかった。必死に静岡周辺の地名を思いだそうとするが、あせっていて思いだせない。職務質問《しょくむしつもん》された不審者《ふしんしゃ》のような表情《ひょうじょう》になっているのが、自分でもわかる。

どうする、どうする——？

「あーあー」

そのとき、教室の隅《すみ》から低めのアルトの声が響《ひび》いた。

「自分のこと、エマだってさー。エマのおばあちゃんねー」

後半部分は、城田さんの声色《こわいろ》の物まねだ。

「はぁ？」

城田さんは目を大きく見開き、別人かと思うほどの険《けわ》しい表情《ひょうじょう》になった。

「自分のこと、なんて呼《よ》ぼうが勝手でしょ？　あたしはただ、転校生に親切にしてるだけ。だって山之内くん、まだ友だちもできてないみたいだし」

「へー。それはそれは、ご親切なことで」

かばんをさげて席から立ち上がったのは、ショートカットの女子だ。たしか、佐野《さの》さんという。

上がりぎみのくっきりとした眉《まゆ》。城田さんとは対照的にボーイッシュな感じで、口調も視線《しせん》もきつい。

人をバカにしたような薄《うす》ら笑《わら》いを浮《う》かべつつ、ぼくと城田さんのあいだを、肩《かた》をぶつけながらわざわざ突《つ》っ切《き》り、そのまま出口のほうに歩いていった。

「ちょっ……、樹希《いつき》、帰る気？　今日、掃除当番《そうじとうばん》だよね？」

「任《まか》すー」

後《うし》ろ姿《すがた》でひらひらと手を振《ふ》り、佐野さんの背中《せなか》はすぐに見えなくなった。

「ったく」

城田さんは口をアヒルのようにとがらせ、憎々《にくにく》しげな表情《ひょうじょう》を浮《う》かべている。

「いっつも、態度《たいど》悪いよねー、あの人」

「ほんと、いくらおうちがアレだからっていってもねー」

ほかの女子たちが佐野さんの悪口を言い始め、ぼくに対する追及《ついきゅう》は忘《わす》れさられた。


（よかった……）

ひとまず難《なん》を逃《のが》れ、逃《に》げるようにして私鉄《してつ》の駅まで向かう。ここから電車に乗ると、うちのマンション近くの駅まで十分だ。帰って着がえをして、すぐに塾《じゅく》に向かわねばならない。高校受験で巻《ま》きかえすことが、父さんがぼくに与《あた》えた至上命令《しじょうめいれい》なのである。

高校受験などもうしなくていいはずだったのに、また中学受験のときのように、偏差値《へんさち》の上下に一喜一憂《いっきいちゆう》しなければならない。塾の人たちは難関校を目指す人ばかりで、人のプライバシーなど、なんの興味《きょうみ》もなさそうなのが救いだが。

けれど、学校ではそうはいかないだろう……。

今日の城田さんとの会話を思い起こすと、黒い雲がムクムクと心にわきあがってくるような心《ここ》地《ち》がする。

家から遠く離《はな》れた中学なら、誰《だれ》もぼくが落ちこぼれてきたことを知らないから、平穏《へいおん》に暮《く》らせるだろうと思っていた。だがこのままだと、早晩《そうばん》ぼくの過去《かこ》は、バレてしまうという気がする。

さっそく静岡周辺の地理について調べあげなければ。しかし、架空《かくう》の自分の過去を完璧《かんぺき》に作り上げるのは、完全犯罪並《かんぜんはんざいな》みにたいへんだ。もしそれがうまくいったとしても、ぼくの過去を知る人物がひとりでも、ここの学校関係者にいたらどうする？

たとえば、中学受験塾《じゅけんじゅく》の同学年だったやつが、この学校にいるという可能性《かのうせい》は？

いや、あの塾の生徒は全員、どこかの私立《しりつ》中学に落ち着いたはずである。

しかし、その中の誰かが、ぼくのように転校してくる可能性は？

あ————もう！

これ以上考えたくもない。今はとにかく、塾に行くことを最優先《さいゆうせん》にしなければ。

マンションにもどり、エレベータが点検中《てんけんちゅう》だったので、四階の自宅《じたく》まで階段《かいだん》を駆《か》け上《あ》がる。

ハアハア言いながら家に入ると、母さんは出かけていた。母さんは専業主婦《せんぎょうしゅふ》だが、今日は妹のバレエのレッスンと英語塾の、ダブル送迎《そうげい》をしているはずだ。妹がぼくのように中学で英語でつまずかないようにという配慮《はいりょ》だろうか。

またひがみっぽい気持ちが押《お》しよせてきたので、急いで着がえるとテレビをつけ、頭をブルブルと振《ふ》って冷蔵庫《れいぞうこ》を開けた。扉《とびら》の内側を見ると、ガラスポットの中にお茶が入ったものが立ててある。

早いな。今年はもう、麦茶を作り出したのか。

ぼくは、テレビを見ながら大ぶりのコップに麦茶を移《うつ》し、画面に視線《しせん》を向けたままガブガブッと一気に飲んだ。非常《ひじょう》に喉《のど》が渇《かわ》いていたのだ。そのとたん、カアッと食道が焼けた。初めて感じる刺激《しげき》が、喉から胃に向けて、燃《も》えるように熱くしみていく。

なんだ？　これ？　麦茶じゃない！

あわててガラスポットを見返す。

横のところに、「梅酒」と書かれたラベルが貼《は》り付《つ》けてある。

きのう母さんが「おばあちゃまが、手作り梅酒を持ってきて……」と話していたのを、ぼんやりと思いだした。


顔が火照《ほて》っている。足元が、フワフワするような気もする。

お酒を飲んでしまった。未成年なのに――。

これは、きわめて厄介《やっかい》なことになる予感がする。父さんはお酒を飲むが、母さんは体質《たいしつ》に合わないと言ってまったく飲まない。もしぼくの体質が、母さんのほうに似《に》ていたとしたら、これからどんな変化が体に訪《おとず》れるのだろうか。

しばらく怖《こわ》くてじいっとしていたが、そのうち、やけに気分がよくなってきた。

塾《じゅく》、どうしよっかな。休もっかな？　でも、理由はどうする？

「酔《よ》っぱらってしまいまして」

すごい理由だな。おかしくなって、ケケッと笑った。

母さんに指示《しじ》を仰《あお》ごうと思い、スマホに電話したけど出ない。母さんは、よく出ないことがあるのだ。ぼんやりさんなのだ。

水を一杯《ぱい》飲んでみた。そしたら、なんとなくすっきりしたような気がした。

「よおし！」と、ぼくは思った。

「行くぞぉ。塾に行くぞぉ。ぜんっぜんだいじょうぶだよ、これくらい！」

塾のリュックをしょって、マンションを出る。元気に歩いて再《ふた》び駅に着き、塾へ行く電車――

学校に行くのとは逆方向《ぎゃくほうこう》の電車――に乗ったつもりが、乗りまちがえていた。そのことに気がついたのは、再び学校のある駅に舞《ま》いもどり、ピッと自動改札をくぐりぬけた瞬間《しゅんかん》だ。

「……まちがえちゃったぞー」

なんだか、もうどうでもいいような気分になり、フラフラと駅から外に出る。

歩けば歩くほどに陽気になってきた。

「吾輩《わがはい》は猫《ねこ》である！」

なんでそんなことをつぶやいたかというと、前に読んだその小説のことを思いだしたからだ。夏目漱石《なつめそうせき》が書いた有名な小説だ。最後のほうで主人公の猫は、飼《か》い主《ぬし》の飲み残しのビールをまちがって飲んでしまう。そして酔《よ》っぱらって……、台所の水がめに落っこちてしまうのだ。

「やだなー。不吉《ふきつ》だ」

ぼくも酔っぱらってはいるが、水がめに落ちたりなんかしない。気をつけて歩くのだ。

フラフラと歩きながら、あれから猫はどうなったっけと考える。

そうだそうだ。落っこちた猫は、なんとかしてここから抜《ぬ》け出《だ》そうともがいたのだ。けれども、爪《つめ》は空《むな》しく水がめの内側を掻《か》くだけで、にっちもさっちもいかなかった。そうして猫はついに、溺《おぼ》れて死んでしまったのであった。

「……やっぱり、ふ、き、つ、だー！」

猫が溺れ死ぬところを想像《そうぞう》したら、なんだか怖《こわ》くなってきた。陽気だった気分がシュルシュルとしぼみ、泣きたいような気分になってくる。

どうしよう、どうしよう。ぼくも猫みたいに、死んだりしたらどうしよう。

でもぼくの、約十五年間の人生、あんまりいいことなかったなあとも考える。今までなんにも悪いことなどせず、ひたすら真面目に生きてきたのに――。

小学校では浮《う》いてしまい、やっと自分に合った中学に入れたと思ったら、今度はついていけずに自主退学《じしゅたいがく》を勧《すす》められ、公立中に転校だ。その中学でも、「実は蒼洋をクビになって」ということがバレたら、いろいろややこしいことになるのは請《う》け合《あ》いである。

哀《あわ》れみか、それとも下世話な好奇心《こうきしん》か。いずれにしても珍種《ちんしゅ》の動物を見るように見られ、もしぼくがコミュ力抜群《ばつぐん》の人間であれば、さらっと受け流すこともできようが、世渡《よわた》りの下手さだけには自信がある。到底《とうてい》、うまく生きていけるとは思えない。

かつても今も、ぼくには心底くつろげる居場所《いばしょ》がないのだ。

「いばしょ、ほしいなー。いばしょー、どこだよー」

ブツブツつぶやきながら歩くぼくを、通りすがる人たちが気味悪そうに見つめている。ヨロヨロと陸橋の階段《かいだん》を上りつめると、幅《はば》の広い国道が眼下《がんか》に広がっていた。

たくさんの車が、連なって走っている。

川みたいだ。

陸橋の柵《さく》から半身を乗り出して下をのぞきながら、もしも落っこちるなら水がめじゃなくて、川がいいなあと、ふと思った。ポチャッと落っこちて、あおむけになって空を見ながら、スウッと川を流れていくのだ。きっと気持ちがよいに違《ちが》いない。

空はきっと、きれいだろう。

真っ青な空に、白い雲が綿菓子《わたがし》みたいで。

木漏れ日《こもび》がチラチラと顔にかかって、耳元で水音がポコポコと鳴る。

手足をくらげみたいにユラユラさせて、なんにも考えず、どこにも力を入れる必要もなく。

どうせ居場所《いばしょ》がないのなら、どこまでもどこまでも、そうやって川を流れていきたい。

「よーし」

爪先立《つまさきだ》ち、腕《うで》で柵《さく》を抱《かか》えるようにしながら、さらに陸橋から身を乗り出す。

「流れていくぞー」

突然《とつぜん》、強い力で後ろにひっぱられ、ぼくはズザザッとコンクリートの上に転んだ。

「なにやってんだよ！　このバカッ！」

ピシャッと、おでこを思いっきりひっぱたかれ、悲鳴をあげる。

ショートカットの女の子が、きつい目でぼくを見おろしていた。

この子は……、同じクラスの……佐野……さん……か？

2 苛立《いらだ》ち〈佐野樹希《さのいつき》〉

死ぬつもりかよ。

陸橋から身を乗り出してる若《わか》い男を見て、反射的《はんしゃてき》に上着をひっぱった。そいつは思いのほか力なく、こっちにひっぱられて陸橋の上にあおむけに転んだ。

「なにやってんだよ！　このバカッ！」

思わずひっぱたいたのは、そいつの顔がパパに見えたからだ。

なにもかも全部、生きてるものに押《お》しつけて、自分だけあの世に行っちゃったパパ。

そりゃ自分はいいだろうよ、楽ちんで。

けどな、生き残ってるものはな、ぜんっぜん楽ちんじゃねーんだよっ！

あたしにひっぱたかれて、そいつは池のカモみたいに「グワッ」と声を出した。眼鏡《めがね》がずれて、情《なさ》けない顔をしている。パパ……じゃない……ってか、こいつ、どっかで見た顔だ。

転校生？　そうだよ。新学期にうちのクラスに入った転校生だよ。今日帰《かえ》り際《ぎわ》に、エマに話しかけられてたやつだ。なんて名前だっけ？　思いだせない。

「あんた、名前は？」と聞いたら、

「ひゃまのうちです」とそいつは答えた。

山之内《やまのうち》？　てか、あんた顔真っ赤だし。ろれつ回ってないし。

「まさか、酒、飲んでる？」

「ふぁい」

「中学生のくせに？」

「まちがえたのれす。麦茶を飲んだら、梅酒だったのれす」

「バカか、おまえ」

ケケッと山之内は、ひっくり返ったまま笑った。中三にしては老《ふ》けていて、飲み会帰りのサラリーマンみたいだ。

「ちょっと聞くけど、あんた今ここから飛びおりようとしてた？」

山之内は焦点《しょうてん》が定まらない目で、首をかしげている。なんだ、違《ちが》うのか。

「勝手に帰りな！」

バカバカしくなり、放置して立ちさりかけてハッとした。

山之内の両目から、涙《なみだ》がツーッと流れてわきのほうに垂《た》れていく。泣いてるのか？

ああ、ややこしい。自殺だかなんだか、よくわからないじゃないか。ますますパパの最期《さいご》と重なってくる。まったくもう、面倒《めんどう》なことに関わりあってしまった。これから妹を保育園《ほいくえん》に迎《むか》えにいかなきゃならないのに。

けれど、万が一、身投げでもされたら後味が悪い。しかたない。とりあえず、あそこに連れていって酔《よ》いを醒《さ》まさせよう。

「ほら、立ちな！」

腕《うで》をひっぱると、山之内は柵《さく》につかまりながらフラフラと立ち上がった。

「歩ける？」

「ふぁい」

「こっち来な。すぐそこに休める場所があるから」

「休める場所って、ろんなとこですかー。まさか、いかがわしい場所では、ないれしょうね」

「おまえ、こっから突《つ》き落《お》とすぞ」

「やめてくらさーい」

足元がふらついている山之内に、ときどき手を貸《か》しながら陸橋から下りる。ごちゃごちゃと目の前に雑居《ざっきょ》ビルが連なってる。

路地に入ると左にコンビニがあって、その右手の角に小さな二階建ての建物が見えた。昭和《しょうわ》な家の一階部分だけが、改築《かいちく》されてカフェになってるんだ。

入り口付近に、ごちゃごちゃと置かれた植木鉢《うえきばち》。薄茶色《うすちゃいろ》の壁《かべ》。

雨よけの、真っ赤なビニールの屋根が、あかぬけない感じを醸《かも》し出《だ》している。

『カフェ・居場所《いばしょ》』

下手くそな手書きの木の看板《かんばん》が、入り口のところに立てかけてある。

「ほら、着いた。ここでとりあえず、水でも飲んで落ち着きな」

「どこれすかー、ここは」

「あたしの知り合いがやってる店だよ。あ、言っとくけど、やらしい店じゃないからな」

ケケッと山之内はまた笑って、立て看板に目をやると、餌《えさ》を出された犬みたいに目を輝《かがや》かせた。小さく舌《した》まで、のぞかせている。

「……居場所だ――」

「なんだよ」

「ぼくが、求めていたものだー」

まったく、酔《よ》っぱらいの言うことは意味不明だ。なんであたし、こんなやつの世話してんだろ。世話代を払《はら》わせてやろうか。ただでさえ、こっちは暇《ひま》も金もねーんだよ。

苛《いら》つきながら入り口のドアを開けて、中に山之内を突《つ》き飛《と》ばすようにして押《お》しこんだ。

2　苛立ち〈佐野樹希〉

「いらっしゃいま……。なんだ、樹希かよ。それに誰《だれ》？　そっちのやつ」

マスターがこっちを見て、ほかの客の邪魔《じゃま》にならないよう小さな声で聞いてくる。ショボいカフェだけど不思議なことに、いちおう常連客《じょうれんきゃく》はついてるんだ。

薄《うす》くなった頭頂部《とうちょうぶ》から長い前髪《まえがみ》がひとすじ、でこに細く垂《た》れている。いっそのことスキンヘッドにでもすれば、少しはかっこがつくのに。

「同級生。ちょっと休ませて。こいつ酔《よ》ってるんだ」

「酔ってるって……、同級生ってことは中学生だろ？　中坊《ちゅうぼう》のくせに、やりやがるな」

「ちげーよ。麦茶と梅酒まちがえたんだってさ」

「すげー、まちがえ方だな。あ、ほんとだ。ぐでんぐでんじゃねえか。兄ちゃん、だいじょうぶか？　ほら、二階行け、二階。あとで水、持ってってやっから」

山之内の靴《くつ》を脱《ぬ》がせて、それを自分の靴とともに、階段《かいだん》横の棚《たな》に押《お》しこむ。

急な階段に苦労しながら、山之内を二階に押し上げた。

二階は独《ひと》りもののマスターの生活空間になっていて、階段を上がって正面が和室。その左が洋室になっている。

和室のほうの、ふすまをさらっと開けた。

八畳《じょう》ほどの畳《たたみ》の部屋だ。しみだらけの天井《てんじょう》からぶらさがった、四角い照明器具から、ぶらんとひもが垂《た》れている。押《お》し入《い》れと入り口のところはふすまになっているけど、黄ばんで、ところどころ穴《あな》があいている。ひとつだけある窓《まど》の上には、古びたエアコンがついている。

部屋の隅《すみ》には座布団《ざぶとん》が積み重ねてあって、その横は本棚《ほんだな》。ぎっしり本が並《なら》んでいて、だいたいが漫画《まんが》だ。

また、アベルも来ていた。畳《たたみ》の上に寝《ね》っ転《ころ》がって本棚の漫画を読んでいたけど、山之内がフラフラ入ってきたので驚《おどろ》いて起き上がる。少しおびえたような顔をしている。

アベルは、極度の人見知りだ。

「だいじょうぶだよ」とニコッとしてやる。あたしがニコッとすると、アベルは安心する。

「アベル、そこの座布団とって。」こいつを、ちょっと寝かせるから」

薄《うす》っぺらい座布団をふたつ折りにして、「ほら、ここ!」と手招《てまね》きすると、山之内はおとなしく寝転がって座布団に頭をのせた。そのまま目を閉《と》じたので、寝つきがいいなと思ったら、急にまたガバッと起き上がった。

四《よ》つん這《ば》いになって、山之内をのぞきこんでいたアベルが、ギョッとして飛びのいた。

「秘密《ひみつ》にしていてくださいね!」

「は?」

「ぼくが蒼洋中学《そうようちゅうがく》から転校してきたことを、じぇったいに、人に言ってはいけません」

「そーよー中学」

「そうです。知らないのですか？」

「知らねーよ。前におまえがいた中学か？」

「まさか、知らない人がいようとは」

「人の中学の名前なんか、興味《きょうみ》もねーし」

「……それって、めちゃくちゃ賢《かしこ》いやつが行く、すげーエリート校だぜ！」

お盆《ぼん》に水をのせて二階に上がってきたマスターが、びっくりした顔をしている。

「たしか、東大に毎年百人くらい合格《ごうかく》するんだ。卒業生は、政治家《せいじか》とか大学教授《だいがくきょうじゅ》とか医者だらけだって聞いたぞ。賢いおぼっちゃまの行く学校だ」

「へー。完全に別世界だな」

「しかし、それがほんとだとして、兄ちゃんなんで公立に転校してきたんだよ？　そんないい学校、転校したらもったいないじゃん」

山之内に水のコップを渡《わた》しながら、マスターが聞いている。

「……クビに、なったのでーす！」

そう叫《さけ》ぶと水を一気飲みし、山之内はばったり、畳《たたみ》にあおむけに倒《たお》れた。今度こそグーグー眠《ねむ》り始《はじ》める。

アベルが押《お》し入《い》れから毛布《もうふ》をとり出して、首のところまできっちり、かけてやっている。

マスターとアベルに山之内を預《あず》けて、「カフェ・居場所」をあとにした。やれやれ。やっと奈《な》津希《つき》を、保育園《ほいくえん》に迎《むか》えに行《い》ける。

最近うちのハハは、朝は調子が悪くて起きられず、お昼間は少し持ちなおして洗濯物《せんたくもの》を干《ほ》したりするけど、夕方になるとまた疲《つか》れが出て寝《ね》こんでしまう。だから保育園の送《おく》り迎《むか》えまで、あたしがする羽目になってるんだ。

三歳《さい》になったけど、奈津希はあいかわらず体が弱っちい。アトピー性皮膚炎《せいひふえん》はますますひどくて、かきむしると白い粉が散る。疲れるとすぐに風邪《かぜ》をひいて熱を出す。今回も三日ほど保育園を休んだばかりだから、今日は早めに迎えに行ってやりたかったのに。

ああ、どうしてこう、うちの家族は病弱なんだろう。

いまいましい思いがまた、こみあげてくる。

奈津希を産んだあと、ハハは一時期、元気そうになった。パニック障害《しょうがい》とやらの症状《しょうじょう》も出なくなって、どこにでもいる普通《ふつう》の母親みたいに、家事やら育児やらをやっていた。

ところが奈津希が一歳になって、あたしが中学に入った夏ごろから、また「動悸《どうき》がする」だの「息がしにくい」だの「眠《ねむ》れない」だの、陰気《いんき》な言葉を並《なら》べ始《はじ》めた。家事もお化粧《けしょう》もしなくなって、テレビすら見なくなって、ご飯も食べなくなって、病院に行く以外は外出もしなくなった。

「うつ病」という新しい病名が増《ふ》えて、薬の量も増えた。

あれは、ケースワーカーが変わったせいもあると思う。

パパが死んで生活に困《こま》って、うちは「生活保護《せいかつほご》」というのを受けることになった。

市の生活支援課《せいかつしえんか》というところから、担当《たんとう》のケースワーカーというのが、たびたび家に来るようになった。最初に来たおばさんは、とてもやさしかった。

「あせらずにね。今は自分の体と、子どもさんたちのことだけ考えてたらいいんですよ。そのために、こういう制度《せいど》があるんですからね。困ったことは、なんでも相談してくださいね」

ふくふくした体のそのおばさんは、ほんとうにいろいろ相談にのってくれていて、ハハはそのおばさんが来ると子どものように目を輝《かがや》かせたものだ。

けれどそのあとに担当がえがあって、新しく来るようになったケースワーカーは、まだ若《わか》い男だった。体つきも言葉も、薄《うす》っぺらい感じ。鼻のわきに、大きな黒いほくろがあった。

「保育園に空きがありますよー。奈津希ちゃんも一歳《さい》になったし、入園しましょうよ。近ごろ保育園はなかなか入れないのに、奥《おく》さん、ほんとにラッキーですよね！」

やたら親切そうにそう言ってきたけど、それは「いつまでも生活保護もらってんじゃねーぞ。早く働きに出て自分で稼《かせ》げ」ということだった。

「パニック障害《しょうがい》? ああ、けど近ごろは、発作《ほっさ》も出なくなってるそうじゃないっすかー。腎臓《じんぞう》のほうも今はよくなってるって、先生も言ってましたよ。そろそろお仕事とか、探《さが》してみたらどうですかね」

「あのう……、もうちょっと先じゃ、ダメですか? 奈津希もあんまり体丈夫《じょうぶ》じゃなくて……、それに私《わたし》もまだ、社会に出て働く自信が……」

「奥《おく》さん。そりゃ、甘《あま》えじゃないすかねえ」

ケースワーカーは、急に声を大きくした。

「奥さんちがもらってる生活保護費《せいかつほごひ》ね。これは空から降《ふ》ってきたお金じゃないですから。国民のみなさんが、一生懸命《いっしょうけんめい》働いて納《おさ》めた税金《ぜいきん》からお支払《しはら》いしてるんですー。だから奥さんも、ご病気抱《かか》えて、子どもさんも抱えてたいへんだと思うけど、できる範囲《はんい》で働いてほしいんすよ。

今もう、生活保護費がどんどんふくらんでましてね。みなさんに目いっぱい支給してたら、財政《ざいせい》パンクしちゃうんですよね。まっ、そういうことなんで、お医者さんとも相談しながら、なんとかよろしくお願いします!」

ハハは泣きそうになりながらそれを聞いてたけど、その夜久《ひさ》しぶりにパニック障害の発作を起こして、救急車で運ばれた。そして、また日に日に具合が悪くなった。

ケースワーカーも気に入らないけど、ハハもハハだとあたしは思った。

昔っから思ってたけど、ハハは嫌《いや》なことがあると、すぐ逃《に》げたがる。パパがやってた店の手伝いも、酔《よ》っぱらいのお客が怖《こわ》いとかで、しょっちゅう休んだ。あたしが通ってた幼稚園《ようちえん》や、小学校のPTA役員も、「体が弱いので」と頑固《がんこ》に拒否《きょひ》した。おかげでママ友なんかひとりもいなかった。

「ごめんね」

ポツンとあたしに、そう言ったことがある。

「こんなママでごめん。怖がりで、弱っちくて、なんにもできなくってごめん」

ごめんとか言ってるより、もっと根性《こんじょう》出したらどうだ、とあたしは思ったものだ。高校中退《ちゅうたい》だしひどいコミュ障《しょう》だけど、ハハは顔だけはいい。もしあたしがあれくらい顔がよけりゃ、それだけで自信満々に生きていくよ。顔だけよくてなんにもできないハハのせいで、こっちはどんだけ苦労してきたと思う？

中一の冬。

ソフトボール部の部活をやめた。部活はとても楽しかったのに、家事や奈津希の世話で練習に出る時間がなくなったから。

ぐずる奈津希をあやしながら、スーパーで夕飯の買い物して、ご飯食べさせて、お風呂《ふろ》に入れてやる毎日。

そうして中二の冬。

もっと嫌《いや》なことが起きた。

ハハがお医者の帰りに、財布《さいふ》を落っことしたんだ。ラッキーにも、次の日警察《けいさつ》から電話がかかってきて、財布はもどったけれどややこしいことになった。

その財布の中には、生活保護家庭《せいかつほご》がもらえる、「休日《きゅうじつ》・夜間等診療依頼証《やかんとうしんりょういらいしょう》」が入っていた。生活保護を受けてる人は、健康保険証《けんこうほけんしょう》がない。急病のときは、担当《たんとう》ケースワーカーに「お医者に行きたい」と相談して、病院にかからせてもらう。

でも休日や夜には相談できないので、この依頼証を自分でお医者に持っていく。すると、治療代《ちりょうだい》がタダになる。

だからこそ、人に知られてはまずいものでもあったんだ。

「うらやましいよなー」

ハハが財布を落とした翌々日《よくよくじつ》、学校に行くと斎藤《さいとう》にからまれた。

斎藤は野球部の部員で、うちのアパート近くの公団住宅《こうだんじゅうたく》に住んでいる。

ハハの落とした財布を拾って警察に届《とど》けたのは、斎藤の母親だった。スーパーのパートに行く途中《とちゅう》だったらしい。斎藤の母は中身をたしかめて、その書類に気がついた。

名前がしっかり書いてあって、斎藤の母は、すぐにうちのハハを思いだしたようだ。

小学校のPTAで、拒否《きょひ》したうちのハハに代わって役員を押《お》しつけられたことがある。

「生活保護《せいかつほご》のうちってさー、病院代がタダなんだって？」

斎藤は「生活保護」のところを、よく聞こえるように強めに発音しながら、嫌《いや》な目つきであたしを見た。

「いいよなあ。働かずに金もらえるんだ。そのうえ病院もタダかよ。うちなんてさ、父ちゃんが朝から晩《ばん》までトラック運転して、母ちゃんも毎日スーパーで品物出したりひっこめたりして、ふたりとも腰《こし》が痛《いた》くて病院行ってもタダじゃないぜ。がっつり治療費《ちりょうひ》、とられるぜ」

言いかえそうとしたけど、なんて言っていいやらわからなかった。

斎藤の言うことは、ほんとうだ。

そして、その斎藤の両親が働いて納《おさ》めた税金《ぜいきん》の一部が、うちがもらっている生活保護費になっていることを、あたしはケースワーカーから聞いて知っている。

「ちょっと、ずるくね？」

斎藤はギョロッとした目をさらにギョロつかせて、あたしをにらんだ。

「生活保護の家って、ぜったい得だよな。得してるくせに、それを隠《かく》してるんだからずるいって、うちの母ちゃんも怒《おこ》ってたぜ。オレ、思ったんだけどさー。生活保護受けてるやつは、全員生活保護《せいかつほご》って書いたTシャツ着ればいいんじゃね？　みんなに養ってもらってるんだから、それくらいしないと不公平じゃん」

「そうだね」と、あたしは真正面から斎藤を見かえした。

怒《いか》りだかみじめさだか、よくわかんないなにかが頭の中で沸騰《ふっとう》している。

「うちらは、みなさんに養ってもらってるんですよね。どうも、ありがとうございます」

廊下《ろうか》のロッカーに走っていって、体操服《たいそうふく》をとり出した。模造紙《もぞうし》に掃除当番表《そうじとうばんひょう》を書こうとしていた掲示係《けいじがかり》の手から、油性《ゆせい》ペンをひったくる。

体操服の前面いっぱいに、「生活保護」と大きく書いた。

ひっくり返して背中《せなか》に、「ありがとう」と書きなぐった。

女子トイレに行って制服《せいふく》の上を脱《ぬ》ぎ捨《す》てて、代わりに体操服を着る。

その姿《すがた》で教室にもどったら、みんなザザッと引いた。斎藤も声を失って、あぜんとしている。

ざまみろ、と思った。なにがざまみろだかわかんないけど、とにかくそう思った。

担任《たんにん》の若《わか》い男性教師《だんせいきょうし》が飛んできて、あたしに自分のジャージをはおらせた。そうして職員室《しょくいんしつ》に連行されて、腫《は》れものに触《さわ》るように事情聴取《じじょうちょうしゅ》された。あたしは、ひとことも口をきかなかった。

あとから斎藤も呼《よ》び出《だ》されて、こってり説教されたらしいけど、どうでもいい。

新しい体操服を買わなくちゃいけなくなるんだろうか。やばい、その金はどこから出る。

それだけ、気がかりだったことだけ覚えてる。

幸い体操服《たいそうふく》は、バザーに寄付《きふ》された売れ残りを無料でもらえた。中古品のわりには汚《よご》れもなくて、サイズもピッタリで、体操服はなにごともなかったように元どおりになった。

けれどあの日から、気持ちは元どおりにならない。

みんなから養ってもらっている。

施《ほどこ》しを受けている。

そのことはうっすら感じてはいたけれど、はっきりと言葉にして突《つ》きつけられると、つくづく卑《ひ》屈《くつ》な気持ちになった。

けれど――、それは、あたしのせいなのか？

生活保護《せいかつほご》受けてるのがずるいとして、もらってるのはハハだ。あたしにどうしろってんだ。

こんなうちに生まれたんで、ごめんなさい。すみませんと言わなくてはいけないのか。

もう、いらねーし。施しなんて、けっこうだよ！

そう叫《さけ》びたいけど、もらわなきゃたちまち生活に困《こま》る。

あたしだって、もっとしっかりした親から生まれたかった。選べるものならば。

たぶん、さっきのあいつなんか、しっかりした親から生まれたクチだろう。そーよー中学だかなんだか知らないけど、中学受験するやつの家はうちらとは違《ちが》う。

みんな、高い月謝《げっしゃ》の受験塾《じゅけんじゅく》に通わせてもらって、夜の弁当《べんとう》なんかも作ってもらって、塾が終わると車で迎《むか》えに来てもらって、合格《ごうかく》してバンザイバンザイと喜ばれて、また私立《しりつ》中学の高い月謝を払《はら》ってもらえるんだろ？

あたしから言わせれば、よその世界の住人だ。

山之内だっけ？

通ってた私立中学、クビになったって言ってたな。それであのとき泣いてたのか。

甘《あま》いな。ほんっと、甘い。

きっとお金、あるくせに。恵《めぐ》まれた家で育ってきたくせに。メソメソ泣きやがって。

――秘密《ひみつ》にしていてくださいね――

さっき、あいつが言ってた言葉を思いだした。

――ぼくが、蒼洋中学から転校してきたことを、人に言ってはいけません――

そうかそうか。言ってはいけないのか。じゃ、言ってやろうじゃないか。

ひどく攻撃的《こうげきてき》な気持ちになる。なんだろ、この気持ち。

あいつにうらみなんか、なんにもない。違う世界のやつなんか関係ない。

ただ、おもしろくないんだ。ものすごくお腹《なか》がすいている横で、美味《おい》しそうなパンをまずそうに食べてるようなやつらが。

さっき「カフェ・居場所」で別れた、アベルの顔を思いだす。あいつはあたしと同じ、貧乏村《びんぼうむら》の住人だ。中一のアベルは、隣《となり》の学区の中学に通っている。母親とふたりで暮《く》らしているけど、その母親は朝から夜遅《おそ》くまで働きづめで、めったに家にいないらしい。

あたしたちは市がやっている無料塾《むりょうじゅく》、「あおぞら」で知り合った。

「あおぞら」は、収入《しゅうにゅう》が少ない家の子どものために、青少年センターで週二回開かれている。おやつを食べさせてくれて、ボランティアの先生が「よかったら、ちょっと勉強もしてみる？」みたいなノリで教えてくれるので、あたしも一時期通ってた。

けれど、あの「生活保護体操服事件《せいかつほごたいそうふくじけん》」のあと通うのをやめた。

無料で塾って、これだって十分ずるいって言われるんじゃね？

そしたら、アベルも一緒《いっしょ》にやめてしまった。アベルはあたしにやたらなついていて、「あおぞら」でも、あたしのあとを、でっかいカルガモの雛《ひな》みたいについて歩いてた。

アベルは「あおぞら」の先生が驚愕《きょうがく》したほど、勉強ができない。マジで、できない。

それでも、あそこで教えてもらったおかげで、やっと簡単《かんたん》な割《わ》り算《ざん》ならできるようになったのに。このままじゃ中学の授業《じゅぎょう》なんかぜったいついていけない。高校入試だって無理だろう。きっと将来《しょうらい》やばいことになる。

そうだ、と思った。

さっきの、転校生の山之内。あいつに教えさせたらどうだろう。

あたしはあいつの、知られたくない秘密《ひみつ》を知っている。それを誰《だれ》にも言わないことと引《ひ》き換《か》えに、アベルの家庭教師《かていきょうし》を引き受けさせる。もちろん「あおぞら」みたいに、タダで。

「いい考えじゃん」

独《ひと》り言《ごと》でつぶやいたら、なんだか気分が上がってきた。

「せいぜい、働かせてやるし！」

いい気分だ。「施《ほどこ》し」っていうのは「していただいている」と思うとみじめになる。けれど、「させてやる」と思うと、こんなに爽快《そうかい》だ。どんどんさせてやりたい。特に、甘《あま》えたこと言ってる金持ち村の連中には。

保育園《ほいくえん》の建物が見えてきた。夕日に照らされて、オレンジ色に染《そ》まっている。

腕《うで》に飛びこんでくる奈津希のぬくもりを思うと、口元がほころんだ。

3　衝撃《しょうげき》〈山之内和真《やまのうちかずま》〉

ずん、と頭が重い。胃のあたりがムカムカする。

薄《うす》く目を開けると、しみだらけの天井《てんじょう》と、ぶらさがった四角い電灯がぼんやり見えた。

ここは……どこなんだろう？

突然《とつぜん》、視界《しかい》の真ん中に、人の顔がぬっと現《あらわ》れた。茶色い肌《はだ》をしている。カールした硬《かた》そうな髪《かみ》に、横に広がった鼻。目じりが下がった二重《ふたえ》まぶたに、分厚《ぶあつ》い唇《くちびる》。外国人……？

「うわっ」

思わずガバッと半身を起こすと、その男も目をむき、バッとぼくから飛び下がった。

お互《たが》い、おびえた顔を見あわせる。状況《じょうきょう》がまったく呑《の》みこめない。いったいぜんたい、なにがどうなっているんだ？

そのとき、トントントンと階段《かいだん》を上ってくるような音がしたかと思うと、さらっとふすまが開き、髪《かみ》の薄いおじさんが顔をのぞかせた。こちらは明らかに日本人だ。

「おっ、目ぇ覚めてんじゃないか、兄ちゃん」

「あ、あのう……」

ガンガンする頭を押《お》さえ、すぐに逃《に》げられるよう腰《こし》を浮《う》かせながら聞いてみる。

「ここ……どこですか。ぼくは、いったい……」

中年と老年のあいだくらいに見えるその人は、ガッハッハーと陽気に笑った。

「兄ちゃん、覚えてないんだ。梅酒と麦茶、まちがえて飲んだだろ？」

「あ……」

動画を早戻《はやもど》ししたごとくに、今日の記憶《きおく》がよみがえってきた。

そうだ。梅酒をまちがえてがぶ飲みし、いい気分になって電車を乗りまちがえ、学校のある駅まで舞《ま》いもどって今度は悲しいような気分に襲《おそ》われ、陸橋から下をのぞいていたら後ろからひっぱられ、ズザザーッと転んだら誰《だれ》かにおでこをひっぱたかれて……。

たしか、同じクラスの佐野《さの》さんという女子だった。

それから先の記憶がない。欠落している。

「ここはさー、俺《おれ》がやってるカフェの二階だ。酔《よ》っぱらったおまえを、樹希《いつき》が連れてきたんだぜ。まったくもう、どいつもこいつも転がりこんできやがって」

おじさんは、いまいましげな顔をしながら、部屋の隅《すみ》っこで膝《ひざ》を抱《かか》えている外国人風の男に声をかけた。

「アベル、だいじょーぶだから！　こいつは樹希のクラスメイトだよ。ほら、こっち来い」

その男は四《よ》つん這《ば》いでそろそろと這ってくると、ぼくのそばにきちんと正座《せいざ》した。

がっしりとした、大きな体だ。柔道《じゅうどう》の無差別級の選手みたいだ。けれど、まだ幼《おさな》い顔だちをしている。黒人の少年のようだが、肌《はだ》の色はそれほど濃《こ》くない。頰《ほお》のあたりはふっくらしていて、お地蔵《じぞう》さまのようにも見える。

「こいつはアベル。渡辺《わたなべ》アベル。中一だ」

さっきのおじさんが、説明をした。

「おまえに毛布《もうふ》かけてくれたのは、こいつだぜ。礼を言いな」

「……ありがとうございました」

しかたがないので、アベルというその少年に頭を下げる。けれど、少年は返事をしない。黙《だま》ったままでうつむいている。日本語がしゃべれないんだろうか。

それに、この体格《たいかく》で中一？　少し前まで小学生だったなんて信じがたい。

そのとき、ハッと思いだしたことがある。

「今、何時ですか？」

「あー、八時過《す》ぎだな」

「えっ！　そんな……。塾《じゅく》が……。塾に行こうとしてたのに」

「しかたねえなあ。今日はもうあきらめろ。おまえ、蒼洋《そうよう》に行ってたんだって？　それくらい賢《かしこ》けりゃ、一日くらいの遅《おく》れ、屁《へ》でもねえだろ」

「は？」

血の気が引いた。

「なな、なんで。なんであなたが、そんなことを知ってるんですか」

「だって、おまえ。自分で言ってたじゃん。覚えてないの？」

めまいがする。記憶《きおく》が飛んでるあいだに、そんなことを口走っていようとは。

「あー、そういえばおまえ、『秘密《ひみつ》にしていてくださいねー』って叫《さけ》んでたな。でっかい声でよ。ははっ、典型的な酔《よ》っぱらいの言動だな」

ショックで暗くなった視界《しかい》の隅《すみ》で、入り口のふすまがパスンと開いた。ショートカットの女子が立っている。

佐野さん――。同じクラスの、佐野樹希だ。

教室でと同じ、きつい目と、人をバカにしたような薄《うす》ら笑《わら》い。

「樹希、おまえ、また来たのかよ」

おじさんが、うんざりしたような声を出した。

「ここは、おまえんちじゃねえんだよ。毎日毎日、アベルとふたりで居《い》すわりやがって」

「いいじゃん」

「……まぁ、いいけどよー。飯は？」

「食った。奈津希《なつき》にも食わせた。今日だって風呂《ふろ》に入れて、アトピーのところに薬も塗《ぬ》ってやったよ。やることやってんだから、あとはあたしの自由じゃん」

「いや、おまえはよくやってる。それは認《みと》めるよ。けどな……」

「あーもう！　うるさいな。ほら、下でお客が呼《よ》んでるよ」

すみませーん、すみませーんと甲高《かんだか》い女性《じょせい》の声が聞こえてきて、おじさんはあわてて店のほうに下りていった。

「山之内だったよね」

佐野さんが、ぼくのほうに向きなおった。妙《みょう》にやさしげな口調だった。

「ちゃんと、秘密《ひみつ》にしてあげるよ」

けれど、目つきは獲物《えもの》を前にしたヤマネコのようだ。

「知られたくないんだろ？　あんたが、エリート中学クビになって転校してきたってこと。なにやったの？　万引き？　それとも痴漢《ちかん》？」

あまりのことに、脳《のう》がフリーズしそうだ。やはりこの子の前でも、そのことをしゃべっていたらしい。

ぼくは声もなく、すがるように佐野さんを見た。

頼《たの》む。お願いだから黙《だま》っていてくれ。誰《だれ》にも言わないでくれ。

「秘密《ひみつ》は、タダじゃないからね」

佐野さんは、ねっとりと、けれど楽しげな笑《え》みを浮《う》かべた。

「あんたは、これからここに通って、この子に……アベルに勉強を教えるんだよ」

そばで、黙ってぼくらを見ている少年を指さす。

「もちろんタダでね。それが、秘密にする条件《じょうけん》」

「そそ……それは……、恐喝《きょうかつ》ですか？」

「人聞き悪いこと言うなよ。恐喝じゃなくて、取引だよ」

「いや……、れっきとした恐喝じゃないですか。なんでぼくがここに通って、この人に勉強を教えなくてはならないんですか？　意味がわからない」

「意味わかんなくてもいいから、やりな。別に毎日じゃなくてもいい。週に何回かでいいんだ」

「でも……」

「うるさいよ！」

ピシャッと佐野さんはぼくの言葉を遮《さえぎ》り、ヤマネコの目でにらみつけてきた。

「いいんだよ。来ないなら来ないで。あんたが知られたくないこと、学校中に言いふらすだけだからね」

ぼくの周りには、きっと悪い運気が満ち満ちているのだ。だからこう、次から次へと不幸なことが起きるのだ。

あの佐野さんという女子。なにゆえ、このような恐喝《きょうかつ》まがいの行為《こうい》をしてくるのか。ぼくに、なんのうらみがあるというのだろう。

さらに、家では大騒《おおさわ》ぎになっていた。

塾《じゅく》から無断欠席《むだんけっせき》の連絡《れんらく》が入り、ぼくが行方不明《ゆくえふめい》ということで、母さんは半狂乱《はんきょうらん》になってあちこちに電話しまくっていた。父さんは病院を早退《そうたい》し、近所に住んでいるおばあちゃんもうちに駆《か》けつけ、そろそろ警察《けいさつ》に届《とど》けを出そうかと思案しているところに、ぼくが帰ってきたわけだ。

「頼《たの》むから、もっとしっかりしてくれよ！」

父さんは、さっきからずっと母さんを責《せ》めている。

「梅酒を麦茶のビンに移《うつ》して、冷蔵庫《れいぞうこ》に入れるだなんて。なんでそんな紛《まぎ》らわしいことしたんだよ。急性《きゅうせい》アルコール中毒《ちゅうどく》はあなどれない。死ぬことだってあるんだぞ」

「ごめんなさい……」

消え入るような声で、母さんは頭を垂《た》れている。

「和真、おまえもだ」

父さんは、今度はぼくに矛先《ほこさき》を向けた。

「酔《よ》っぱらって、スーパーのフードコートで休んでるうちに、寝《ね》てしまっただなんて！」

どこでどうしていたのかと問われて、そんなウソをついた。そうとでも言わなければ、ますます騒《さわ》ぎが大きくなる。

「下手すりゃ補導《ほどう》ものだぞ。寝てしまう前に、どうして電話の一本もかけなかったんだ」

「あの……。和真は、私《わたし》のスマホに電話くれてたみたいで。でも私、着信に気づかずに」

「どこまでぼんやりしてるんだ、おまえは！」

母さんの言葉に、父さんはますます苦虫をかみつぶしたような顔になった。

「その電話をちゃんととっていれば、事情《じじょう》はすぐにわかったんじゃないか。こっちは、入院患者《にゅういんかんじゃ》を放り出して帰ってきたんだぞ！」

「……ごめんなさい」

「香澄《かすみ》さんを責《せ》めるのは、やめてちょうだい」

ソファーのほうから、小さな、でもよく通る声がした。おばあちゃんだ。

父さんの母親であるおばあちゃんは、もう七十を過《す》ぎているが、目の周りをくっきりお化粧《けしょう》していて、灰色《はいいろ》のボブヘアはきれいに整えられている。シャム猫《ねこ》みたいな雰囲気《ふんいき》だ。

父さんがぴたっと黙《だま》った。

「そんなにガアガア怒《おこ》らないの。そもそも私《わたし》が悪かったんだわ。梅酒なんか、持ってきたもんだから」

「いえ、お母さん、そんな……」

母さんが、恐縮《きょうしゅく》したような声を出した。

おばあちゃんと母さんは、一見仲よくしているように見える。おばあちゃんは、自分が若《わか》いころ着ていた和服や帯なんかを、よく母さんにプレゼントしていた。しかしおばあちゃんが、決して母さんを好きではないらしいことを、ぼくは小さいときから知っている。

「あなたのお母さん、ちょっと不器用よねえ。いつまでたっても、自分で帯も結べやしない」

ぼくとふたりきりのときに、おばあちゃんはそんなことを言ったことがあった。

「犬の散髪屋《さんぱつや》さんをしてたっていうのに、どうして不器用なのかしら、ねえ」

その「犬の散髪屋さん」という言い方には、どこか見くだすような匂《にお》いがこもっていて、ぼくは幼《おさな》いながらにドキッとしたものだ。

おばあちゃんは、東京の裕福《ゆうふく》な家に生まれ育った。女子大を出て、結婚前《けっこんまえ》は放送局で秘書《ひしょ》をしていたという。

対して母さんは、田舎《いなか》の農家の出身で、ペットショップでトリマーをしていた。風邪《かぜ》をこじらせて病院にかかったとき、父さんと知り合ったのだ。

「トリマー」と言わず、「犬の散髪屋《さんぱつや》さん」と言う。そこにぼくは、おばあちゃんの母さんに対する感情《かんじょう》を感じとって、とても嫌《いや》な気持ちになる。

「とにかく、和真が無事でほんとうによかった」

今リビングで父さんを黙《だま》らせて、おばあちゃんは微笑《ほほえ》みを浮《う》かべている。

「今日はこんなことで一日つぶれちゃったけど、明日からまたがんばればいいわ。蒼洋でいろいろあって辛《つら》かっただろうけど、努力をすれば、必ずよいときも来ます。問題は、どこの大学に行くかなんだから」

その言葉に父さんがうなずいた。

おばあちゃんと父さんには、共通の愛読書がある。毎年、春に発行される週刊誌《しゅうかんし》だ。

「全国高校難関大学合格者数《ぜんこくこうこうなんかんだいがくごうかくしゃすう》ランキング」という、長々した名前の特集記事がのっている。

父さんの母校である、有名進学高校の成績《せいせき》を確認《かくにん》するのが、春の恒例行事《こうれいぎょうじ》だ。

ふたりはおでこを突《つ》き合《あ》わせるようにしながら熱心に記事をながめて、去年よりランキングが上がると機嫌《きげん》がよくなり、下がると不機嫌になって、「なんとか高校より下だなんて、情《なさ》けない」などと言う。

毎年毎年よくあきないものだ。小さな文字に目が疲《つか》れて、ふたりして目薬をさしているのには笑えるけれど、ぼくが蒼洋中学をクビになったときには、もっと「情《なさ》けない」と言っただろうと思うと笑えない。

「穂波《ほなみ》もですよ」

おばあちゃんが、妹のほうを向きなおった。妹の穂波は今四年生で、バレエと英語のほか、ぼくと同じ受験塾《じゅけんじゅく》に通い始めている。

「だいじょうぶ。コツコツやれば、きっと塾の成績《せいせき》も上がるわよ」

リビングの隅《すみ》でタブレットをいじっている穂波は、ふてくされたような顔で液晶画面《えきしょうがめん》から目を離《はな》さない。穂波は、あまり勉強が好きではない。塾のクラスも最下位クラスだ。

「ねえ、聞いてる？　ちゃんと、おばあちゃんの顔、ごらんなさい」

「……いいもん」

「あら？　なにがいいの？」

「いい中学に行っても、お兄ちゃんみたいになったらたいへんじゃん。穂波は公立でいいよ」

そう言い放つと、タブレットをぽいとソファーに投げ、リビングから出ていった。

バタンと、戸が閉《し》まる大きな音がした。

「穂波！　おばあちゃんに向かって、なんて口のきき方だ！」

父さんが、閉《し》まった戸を開けて怒鳴《どな》っている。

母さんがそそくさと立ち上がると、こちらに背《せ》を向けて食器をふき始めた。

ああ、自分の家なのに、やはりここもぼくの「居場所《いばしょ》」ではないという気がする。


次の日。半分やけくそのように、佐野さんとの取引を了承《りょうしょう》した。

過去《かこ》を言いふらされてはかなわない。ぼくにはそれしか選択肢《せんたくし》がなかった。

「塾《じゅく》が週三日あるので、アベルくんに教えに行くのは、週一で勘弁《かんべん》してもらえませんか」

人気《ひとけ》の少ない廊下《ろうか》の端《はし》で、佐野さんにそう申し出ると、「週は七日あるんだよ。塾のほかに、四日も余《あま》ってるだろ」と言われた。

「ぼくは部活に加入する予定もないので、たしかに余ってますが。そうたびたび家を空けると親に不審《ふしん》に思われます」

「……じゃー、週に二日でいいや。何曜日？」

「月水金は塾なので、土日を除《のぞ》くと火曜と木曜になりますが」

「わかった。そうしな。サボったら承知しないよ」

火曜と木曜は、学校近くの市立図書館で、ちょっと勉強してから帰ります。良心の呵責《かしゃく》に耐《た》えながらそう告げると、「よかった」と母さんは目をしばたたかせた。

「蒼洋をやめることになって、和真がやけっぱちになったりしないか、実はすごく心配してたんだ。でも、そんなに勉強がんばろうって気持ちになってるんだから、だいじょうぶってことだよね。和真は強くなってる。母さん、もっと和真のことを信じてあげたらよかった。ごめん」

「いや、そんな……」

がんばろうとも思ってないし、ましてや強くもなっていない。ただただ、降《ふ》りかかった災難《さいなん》に、こうしてしかたなく流されていっているだけだ。

木曜日。

ぼくは佐野さんに渡《わた》された手《て》描《が》きの地図を頼《たよ》りに、先日のカフェに向かっていた。佐野さんは家の用事があって、あとから来るという。

ひとりで行けるだろうか。なにしろ前回は、行きは酔《よ》っぱらっており、帰りはショックでもうろうとしており、場所なんかてんで覚えちゃいない。ストレスで気分が悪く、足も重い。

雑居《ざっきょ》ビルが林立《りんりつ》する道を折れ、路地に入ってすぐ。

二階建ての小さな建物と、板に手書きした立《た》て看板《かんばん》を発見した。

『カフェ・居場所《いばしょ》』

その店名を見たとき、ぼくはなんだか心にこみあげるものがあった。

居場所、居場所……。ぼくが求めても、得られなかったもの。欲《ほっ》していた「居場所」に、こんな恐喝《きょうかつ》同然に強制《きょうせい》されて、出入りするようになろうとは。なんと皮肉なことだろう。

気持ちを奮《ふる》い立《た》たせ、しかたなく店の戸を開ける。扉《とびら》にとりつけられた大きな鈴《すず》が、カラカラともコロコロともつかない音を立てる。

「おおっ！　来たか、賢《かしこ》い少年」

見覚えのあるおじさん……、店のマスターが、やけに喜んで迎《むか》えてくれた。

「樹希から聞いたぞ。おまえ、アベルに勉強を教えてくれるんだってな。いやー、いい心がけだ。ほら、二階行け。アベル、もう来てっから」

靴《くつ》を階段《かいだん》わきの棚《たな》に入れ、マスターにお尻《しり》を押《お》されるようにして二階へと上がる。

和室のふすまを開けると、ちゃぶ台が出してあり、この前会った大柄《おおがら》な少年があおむけにひっくり返って漫画本《まんがぼん》を読んでいた。すでに制服から、私服《しふく》に着がえてきたのだろう。袖《そで》が短くなった、着古した緑色のトレーナーを着ている。

ぼくの姿《すがた》を見ると、なんともいえず嫌《いや》そうな顔になった。

「アベル、勉強嫌《きら》いなんだよなー」と、ついて上がってきたマスターがつぶやいた。

「ただこいつ、樹希の言うことだけはよく聞くから。樹希に、火曜と木曜は学校終わったら『居場所』に行け。そこに来たやつに勉強教われって命令されてさ。いやいや来たんだろうけど、あんまりやる気はないと思うぜ」

「そうなんですか……。じゃあ、ぼくなんかより、ちゃんとした大学生の家庭教師《かていきょうし》を頼《たの》むとか、塾《じゅく》に行ったほうがいいんじゃ……」

「家庭教師だの塾だの、そんな金がねーからおまえに頼んでんじゃん。なんも聞いてねえの？」

マスターは、あきれた顔でぼくを見た。

「アベルと樹希は、無料塾に行ってたんだよ。けどさー、樹希がやめたらアベルもやめちゃってよー。ふたりとも毎日のように、ここでゴロゴロするようになりやがってよー」

「無料塾？　無料で教えてくれる塾があるんですか？　ああ、成績優秀者《せいせきゆうしゅうしゃ》の学費を免除《めんじょ》して、自分の塾に入塾させるっていう、あれですか？」

「話、かみ合わねー」

マスターが、両の手で自分のこめかみのへんを押《お》さえた。

「市がやってんだよっ。恵《めぐ》まれない、ビンボーな家の子どもをサポートしましょうっていう、そういう事業だよ」

「では、ふたりの家は生活が厳《きび》しくて……」

「ああ、アベルんちは、母ちゃんがひとりで働いてこいつ育ててるし、樹希んちは生活保護《せいかつほご》家庭だろうが。あっ、しまった。あんまり話がかみ合わないもんで、ついベラベラしゃべっちゃったじゃないかよっ。忘《わす》れろ、今言ったこと」

「……あのう、佐野さんとアベルくんは、どうしてここに出入りしてるんですか。親戚《しんせき》とか、そういうご関係ですか？」

「俺《おれ》は、樹希が小学校のとき入ってた、少年野球チームのコーチだったんだよ。樹希はいいピッチャーだったんだけどなー。俺はこの店始めて、コーチ続けらんなくなってやめたし、あいつもいろいろあってやめた。そういうご関係だ」

「だからといって、どうしてよそんちの子どもの面倒《めんどう》を……」

「あー、もう、どうしてどうしてって、うるせーなおまえはっ！　来るガキを追い出すわけにもいかねーから、しかたなく面倒みてんだろうが！」

怒鳴《どな》られて、ぼくは黙《だま》った。

来るガキを追い出すわけにもいかない？　いや、そんなはずはない。

この店はこの人のものだろう。そんなにブリブリ怒《おこ》るくらいなら、出ていってもらえばよいのである。ぼくなどあんなにあっさりと、蒼洋中学から出されたではないか。

「……そりゃあ、俺が勉強も教えてやれればいいんだろうけどよー」

マスターは、薄《うす》くなった前頭部を片手《かたて》でクシャクシャとすると、情《なさ》けなさそうな顔をした。

「ごらんのとおり、暇《ひま》もなければ学《がく》もなしだ。だから、おまえが来てくれて喜んでるのによー。質問《しつもん》いいから仕事始めてくれ。ほら、アベル。漫画《まんが》しまえ。それからこの兄ちゃんに、よろしくお願いしますって、ちゃんと挨拶《あいさつ》しろよ。わかってんな。サボんじゃねえぞ！」

早口で猛然《もうぜん》とまくし立てると、マスターは店に下りていった。

ぼくは、アベルくんとふたりきりになる。緊張《きんちょう》する。

「恵《めぐ》まれない、ビンボーな家の子ども」とマスターは言った。やはり……と思った。佐野さんの、あのどことなくすさんだような目。ぼくに対する攻撃的《こうげきてき》な態度《たいど》。

それは、昔小学校でぼくをいじめた人たちと、よく似《に》ていた。ぼくのことを、おぼっちゃまだ、勉強キングだとはやしたて、なにかにつけて敵視《てきし》した。

はっきり言おう。ぼくは、生活レベルが低い人たちが苦手だ。怖《こわ》いし、嫌悪感《けんおかん》がある。中学受験塾《じゅけんじゅく》にも蒼洋中学にも、そんな人たちはひとりもいなかった。彼《かれ》らの生活も考えていることも、よくわからない。このアベルくんだって……。

ビクビクと身を縮《ちぢ》めていると、アベルくんはニューッと立ち上がった。

でかい。

身長百六十五センチのぼくより、ずっと大きくて胸板《むないた》も分厚《ぶあつ》い。見るからに威圧感《いあつかん》がある。

思わず、正座《せいざ》のまんま後ずさる。渡辺という姓《せい》からして、たぶん親のどちらかが日本人なんだろうが、外見はやはり外国人だ。映画《えいが》で見た、黒人ボディガードを連想する。

ぼくには今まで黒人の知り合いなど、ひとりもいなかった。得体が知れず、ますます恐《おそ》ろしい。

ところがアベルくんは、持っていた漫画本《まんがぼん》をおとなしく書棚《しょだな》にしまいに行っただけだった。そして、しかたなさそうにもどってくると、自分のバッグからノートとペンケースをとり出した。大きな手でなにかチマチマと書きつけている。書き終わると、ぼくのほうに押《お》しやった。

体に似合《にあ》わず、小さな字だ。字だか蟻《あり》だかわからないくらいだ。けれどもよく見ると、

——よろしくです——

まごうことなく日本語の、下手くそなひらがなが書いてある。

えっ？　と、あまりの意外にアベルくんを見ると、モジモジして下を向いていた。見た目の威《い》圧感《あっかん》と違《ちが》って、アベルくんは恥《は》ずかしがりやのようだ。

鼻息がフゥンフゥンと聞こえてきて、伏《ふ》せた目がキョロキョロッと動いているのが、愛らしいフレンチブルドッグを思わせた。

しかし、なんで挨拶《あいさつ》が筆談なのだ？

もしかして、アベルくんは耳が不自由なのだろうか？　そういう人は、口もきけないことが多い。自分の発した声を聞きとれないからだ。試《ため》しに、

——ぼくの言うことが聞こえますか？——

おずおずとノートに書きつけてみると、アベルくんは、こっくりとうなずいた。

耳は悪くない……。ならばどうして筆談を？

「もしかして、声が出ないんですか？」

また、こっくり。

どうして？　と聞きかけて、ぼくは言葉を呑《の》みこんだ。不用意なことを聞いて、彼《かれ》を怒《おこ》らせるのが怖《こわ》かったから。

「きみはノートに書いて、返事をしてくれるのですね」

再《ふた》び、こっくり。

「勉強を教えるように言われて来ましたが、どの科目を教えればいいですか？」

アベルくんは、首をかしげて考えこんでいる。聞き方が悪かったのかもしれない。

「苦手なのは、どの科目？　教えてください」

アベルくんは、なおも考えこんでいたが、やがてまたチマチマと文字を書いた。

——ぜんぶ、にがて。ぼくは、あたまが悪い。バカだから——

そうして恥《は》ずかしそうにうつむくと、またフゥンと鼻を鳴らした。

その文字を見たとたん、ぼくは胸《むね》をつかれるような気持ちになった。

蒼洋中学で落ちこぼれた記憶《きおく》が、まざまざとよみがえってきたからだ。

授業《じゅぎょう》にまったくついていけず、ぼくは毎日毎日悲しかった。あの入試を突破《とっぱ》したんだから、そう頭は悪くないはずだと思いながら、やっぱりみなよりバカであることは明白だと思った。とてもみじめな気持ちだった。

自分のことを、バカだと思わねばならぬのは、辛《つら》い。ほんとうに、辛い。

この一瞬《いっしゅん》、ぼくはアベルくんに恐《おそ》れではなく、親近感に似《に》た気持ちを抱《いだ》いた。

「きみは、バカではありません」

思わず、心をこめてそう言った。ポカンとしているので説明を加えた。

「なぜならアベルくんは、自分のことを客観的に……」

もっと、伝わりやすい表現《ひょうげん》はないかと言葉を探《さが》す。

「つまり……、自分のことを離《はな》れたところから見て、きちんとわかろうとしています。そういう人は、バカじゃないと考えます」

アベルくんは大きな体を丸め、じいっと上目づかいにぼくを見つめていたが、やがてちょっと安心したような顔になった。

「どれから勉強したいですか？　ぼくが教えられることは、なんでも教えます」

するとアベルくんは茶色い指でノートを引《ひ》き寄《よ》せ、今までの中でいちばん大きな字で、

——わり算——

と書いた。

4　忍耐《にんたい》〈佐野樹希《さのいつき》〉

学校のかばんを肩《かた》にかけて、左手で奈津希《なつき》の手を引き、右手でスーパーの黄色いプラスチックのかごを持った。

「おしっこー」

奈津希が足を内股《うちまた》ぎみにして、あたしを見上げる。

「えーっ、さっき保育園《ほいくえん》で行ったんじゃなかったの？」

「ううん、行こうとしたらね、先生が絵本を読んであげますよーって。みんな集まったから、あたしも行ったら、おしっこ忘《わす》れたの」

思わず舌打《したう》ちをする。

「なんで行っとかないの。絵本より、おしっこが先！」

かごをもどしていったん食品売り場を出て、二階にあるトイレに向かう。

ぐいぐいと、抜《ぬ》けそうに腕《うで》をひっぱりながら歩いていると、「ごめんなさい」と奈津希がつぶやいた。

「あたし、おしっこ、いい。我慢《がまん》する」

しまったと思う。奈津希はまだ三歳《さい》なのに。三歳児に気をつかわせてどうする。もっとやさしくしてやんなきゃ。けれど、ときどきイライラしてしまう。あたしだってまだ、中三なんだ。

「我慢、しなくていいよー」

手の力を緩《ゆる》めて、無理してやさしい声を出す。トイレに着いて、奈津希を個室《こしつ》に入れて扉《とびら》を閉《し》め、下のところにつま先を突《つ》っこんでキープした。

奈津希は、まだトイレに鍵《かぎ》をかけて入れない。

「えーっ、いいなあ。親がスマホ買ってくれるの？」

「うん。第一志望《だいいちしぼう》の高校に受かったらだけどね」

先に入っていた中学生らしいふたりが、手洗《てあら》い場《ば》の鏡の前で髪《かみ》をとかしていた。

「モエちゃんも買ってもらいなよ」

「うちはケチだからなー。ぜったい、バイトして自分で買えとか言いそう」

「バイトいいじゃん！　バイト許可《きょか》の高校に行けばいいよ。先輩《せんぱい》とか、バイト先でカレシもできたって言ってたし」

いいよね、あんたたちは。

こみあげてくる感情《かんじょう》をせきとめたくて、ふたりから目をそらす。

けれど、うまくいかなかった。ふたりの代わりに、今度はエマの顔が目の前に浮《う》かんだ。

近ごろめっきり会話が続かなくなった、幼《おさな》なじみのエマ——。

あいつも、前におんなじことを言ってたっけ。エマの両親は、どちらもちゃんとした会社勤《かいしゃづと》めをしてる。ご褒美《ほうび》のスマホくらい余裕《よゆう》だろう。先生をしている叔父《おじ》さん、というのにも可愛《かわい》がられていて、誕生日《たんじょうび》には毎年プレゼントをしてくれると自慢《じまん》していた。

ねたましい気持ち、みじめな気持ち。あたしには、そんな親も親戚《しんせき》もいない。いつも寝《ね》こんでいる、役立たずな、奈津希の世話すら満足にできないハハがいるだけだ。

バイトはもちろんしたいけど、生活保護《せいかつほご》家庭の子どもはバイトをしたって意味がない。そういうことを、あたしは担当《たんとう》ケースワーカーの説明で知らされている。

「もし万一ですねー、臨時《りんじ》にでも収入《しゅうにゅう》があったら、必ずぼくに知らせてくださいね。一日限《かぎ》りのバイトとか、内職《ないしょく》とかもっすよ」

「は？　この前は、貯金してるお金のことも聞いてきたよね。なんでもかんでも、あんたに報告《ほうこく》しなきゃいけないの？　プライバシーないじゃん」

ぼやっと聞いてるハハの代わりに、あたしが答えると、

「んー、生活保護《せいかつほご》を受けているあいだは、それが義務《ぎむ》なんだよ、樹希ちゃん」

ケースワーカーは、困《こま》ったような半笑いの表情《ひょうじょう》になった。

「収入《しゅうにゅう》があるのに、それを隠《かく》して保護費をもらっているとなると、『不正受給《ふせいじゅきゅう》』という罪《つみ》になっちゃうんだよね。それから、なにか緊急《きんきゅう》のときのために少々のお金を貯《た》めるのはいいけど、多額《たがく》のお金を貯金することは認《みと》められてません。そもそもほかに収入がなければ、そんなに貯金なんかできないはずだし……」

「うちは、そんなことしてねーから！」

「うんうん、ここんちはそんなことないよね。ただ、そういうことをする人が中にはいるもんだから、全員の人にきちんとご説明するよう、上から言われているんだよ」

「へー」

「だから覚えといてね。樹希ちゃんだって高校生になったら、アルバイトするかもしんないよね。それでもらった給料の額なんかも、きちんと報告《ほうこく》してほしいんだ」

「子どものバイトのお金まで、言わなくちゃなんないの？」

「そりゃ、きみもこの世帯の一員だから。家族の誰《だれ》かに収入があったら、その分保護費を減《へ》らす必要があるんだよね」

「……ちょっと待って」

ピシャリと、頭をはたかれたような気持ちになった。

「あたしがバイトしたら、その分、もらえるお金が減《へ》っちゃうの？　じゃあバイトしたって意味ないじゃん。プラスマイナスゼロじゃん」

「んー、まあバイトの分、全額《ぜんがく》減らすってわけじゃないんだよ。なにに使うかにもよるし。難《むずか》しい言葉だけど控除《こうじょ》っていうのがあってさ、いくらかは……」

「難しい言葉とか、わかんねーし！」

あたしはわめいた。

「とにかくバイトしたって、そのお金はあたしのもんにはなんないってことなんだ！」

理不尽《りふじん》だ。ものすごく理不尽だ。

ただでさえカツカツなのに、保護費《ほごひ》を減らされたら生活できなくなるじゃないか。せっかくバイトしたって、減らされた分の生活費になるだけだ。

やりきれない気持ちがこみあげてきて、そばにあった奈津希の毛布《もうふ》を、ケースワーカーに投げつけたものだ。

「あたし、高校行ってもバイトなんか、ぜってーしねーし！」

高校生になったら、できる限《かぎ》りバイトをして稼《かせ》ごうと思っていた。そのお金を自分の小遣《こづか》いにしたり、コツコツ貯金したりできると思ってた。

けど、あたしにはその自由もないらしい。進路を選ぶ自由だって……。

生活保護《せいかつほご》受けてても、高校までなら無料で行かせてもらえる。

「昔は、中卒で働くことが多かったんすよ。けど今では国の制度《せいど》が充実《じゅうじつ》して、ここまで支援《しえん》してくれるようになって」

担当《たんとう》ケースワーカーは恩着《おんき》せがましくそう自慢《じまん》していたけど、じゃあ大学は？　専門学校《せんもんがっこう》は？　と聞くと苦笑いして、きっぱりと言った。

「そこまでは、お金出ません」

「高校までってこと？」

「うーん。まあ基本的《きほんてき》に、生活保護家庭のお子さんは高校を卒業すると、『働く能力《のうりょく》あり』ってことになるんだよね。働く能力のある人は、働いてほしいという考えがあるわけで」

やっぱりそうなんだ。想像《そうぞう》どおりの答えだったけど、心にぽかっと穴《あな》があいた。あたしなりに、将来《しょうらい》の夢《ゆめ》みたいなものがあったのに。けれど生活保護家庭の子どもは、高校出たらすぐに働かなくてはいけないらしい。

進学したいだの、こんな職業《しょくぎょう》につきたいだの、ぜいたくなことなんだ。ハハと奈津希の面倒《めんどう》をみながら、なんとかして高校を出る。そうして、どこでもいいから雇《やと》ってもらえるところを探《さが》して働く。

だってあたしたちは、みんなの税金《ぜいきん》で養ってもらってるんだから――。

今、トイレの鏡の前で、キャラキャラと笑いながら髪《かみ》をとかしているふたり。

ちょうど同じ年くらいのやつらの背中《せなか》を、無言で見つめる。

ええ、ぜいたくですよね。高校まで出していただいたら十分ですよね。将来《しょうらい》の夢《ゆめ》だのなんだの、言える身分じゃありませんよね？

前にテレビで見たことある。貧乏《びんぼう》のため食べるものも買えず、水道もガスも電気も止められて、がりがりに痩《や》せ細《ほそ》って死んでしまった人のニュースだった。

その人は「生活保護《せいかつほご》を受けさせてほしい」と頼《たの》みに行ったけど、「自分で働いてなんとかしろ」ときつく言われて心が折れて、そのままもう誰《だれ》にも助けを求めず、公園でくんできた水だけ飲んでるうちに、栄養失調で死んでしまったんだそうだ。

それにひきかえ、あたしたちはちゃーんと保護してもらって生きている。斎藤《さいとう》一家にうらやましがられるくらいに。

ふた袋《ふくろ》四十五円のもやし。半額《はんがく》になった食パン。お買い得品の豚《ぶた》バラ肉《にく》。

この前、ひと袋五十八円の激安《げきやす》レトルトカレー見つけた。

飢《う》えたりしないし、お医者にだってかかれる。お金がかかるからめったにつけないけど、エアコンもあるし、水も電気もガスもちゃんと出る。

ありがとうございます、ありがとうございます。

呪文《じゅもん》のように口の中で繰《く》り返《かえ》してみたら、逆《ぎゃく》に心が冷え冷えしてきた。呪文っていうより呪《のろ》いだな、こりゃ。貧乏人《びんぼうにん》を、おとなしくさせとくための呪いだ。

ジャーッと、目の前の個室《こしつ》で水が流れる音がした。扉《とびら》をキープしていたつま先をはずすと、奈津希が出てきた。

「あのねあのね、ちゃんとひとりでお水ジャーした」

「へー、すげー」

鏡の前のふたりのあいだに無理やり割《わ》りこんで、奈津希に手を洗《あら》わせる。ジャバジャバと水しぶきが飛んで、ふたりが引く。

「行こ、奈津希」

「うんっ」

小さな冷たい手を握《にぎ》って、階段《かいだん》を下りた。

食品売り場で買い物をすませて、今日は特売の鶏《とり》むね肉《にく》と、一個《こ》三十円の玉ねぎでハヤシライスを作る。ハハはまた今日も寝《ね》こんでいた。こちらをちょっと振《ふ》りかえって、か細い声で「ごめんね」と言う。

テーブルの上に、心療内科《しんりょうないか》からもらった薬が散乱《さんらん》している。もらってくる薬が、また変わった気がする。いろんな薬を試《ため》しても、やっぱりイマイチというのの繰《く》り返《かえ》しだ。

奈津希を風呂《ふろ》に入れて、皮膚炎《ひふえん》のところに薬を塗《ぬ》ってやる。作ったハヤシライスで奈津希とふたり、早い夕食をすませると六時過《す》ぎだった。やることやって、これからがあたしの時間。部屋《へや》干《ぼ》しの洗濯物《せんたくもの》が幽霊《ゆうれい》みたいにぶらさがる、このボロアパートから抜《ぬ》け出《だ》したい。

前に、干してた洗濯物にカビが生えたことがあった。どんだけジメジメしてんだよ。だからカビの菌《きん》も、増殖《ぞうしょく》するんだよ。奈津希のアトピーもそれが原因《げんいん》じゃないのか？　だとしても、ジメジメしてない部屋に引《ひ》っ越《こ》すには、金がいるから無理だけどな。

「あたしも行くー」と、奈津希がぐずる。無視《むし》をする。

死んだパパが予言したように、あたしはけっこうタフな女子になった。だから、ここまでやっている。ギリギリのところで踏《ふ》みとどまって、毎日毎日をこなしてる。だから、ここで解放《かいほう》して。でないとあたしは、今に悪魔《あくま》に魂《たましい》を売る。

玄関《げんかん》でスニーカーを履《は》いていると、「今日も、出かけるの？」と、心細そうな、そして不満げなハハの声がした。このごろは、毛玉だらけのフリースの上下を永遠《えいえん》に着ている。着がえくらいしたらどうだ。

「悪いとは思ってるの……。私《わたし》がこんなだから、樹希に迷惑《めいわく》ばっかりかけて。なんとか治りたいの。元気になりたいの。でも、自分ではどうしようもなくって」

また始まった。とめどもない愚痴《ぐち》が。

「頭の中がね、もうダメ、もうダメっていう、マイナスの気持ちでいっぱいになるの。私なんか、いないほうがいいんだって、叫《さけ》びだしたくなるの」

聞いていないふりをする。頼《たの》むから陰気《いんき》なウツのオーラを、これ以上あたしに浴びせないでほしい。

「けど、それに耐《た》えてるんだよ。お母さん、叫びだしたくなるけど我慢《がまん》してる。『死にたい』なんて、あなたたちには聞かせちゃいけない言葉だものね。病気だけど、迷惑かけてるけど、こうやって耐えていることはほめてほしい」

はぁ？　と、あたしは思う。聞かせてんじゃん。死にたいって今、言ったじゃん。そんでもってほめろと？　バカか。あんた、バカなのか？

叫びだしたくなるのを、奥歯《おくば》をかみしめてこらえる。前に同じこと言われて、こっちがキレたらさらにウツになり、睡眠薬《すいみんやく》をいっぺんに飲んで三日くらいフラフラになって、厄介《やっかい》なことになったのを思いだしたからだ。

病気だ。この人は病気なんだから。言い合ったところで、無駄《むだ》なだけ。

無言で、アパートの扉《とびら》を後ろ手に閉《し》める。

テレビの子ども向け番組の音も、すえたような部屋の匂《にお》いも、ハハの甘《あま》えた涙声《なみだごえ》も遮断《しゃだん》された。あたしは胸《むね》いっぱいに、外の空気を吸《す》いこむ。

ささやかな自由だ。


いつものように「カフェ・居場所《いばしょ》」に向かう。あそこに行けば、無料でカフェオレくらいにはありつけて、寝転《ねころ》がって漫画《まんが》を読める。洗《あら》いものとか盛《も》りつけとか、そんなちょこっとした手伝いをさせてもらうのも楽しい。

前に夜の街を、どこに行くともなく歩いていたら、わりと顔だちのいい男にナンパされたことがあった。その男は一万円札を三枚《まい》あたしに見せて、「これで足りる？」とささやいた。福沢諭吉《ふくざわゆきち》が三人並《なら》んで、あたしの頭を痺《しび》れさせた。

「おう、樹希じゃねえか。なにやってんだ。こんな時間に」

あのとき、マスターが声をかけてくれなければ、あたしはたぶんついていっていた。マスターは、小学五年まで入っていた少年野球チームのコーチだった。

振《ふ》りかぶって球を投げる。

ピシュッ、パーン

マスターが構《かま》えたミットの中に、球が吸《す》いこまれていく。

「いいぞ、樹希。ほんとにいい肩《かた》してんな！」

青い空、土の匂《にお》い、メンバーたちのかけ声、気持ちのよい風。

ピシュッ、パーン
ピシュッ、パーン！

遠い記憶《きおく》の中の音が、あたしを正気に返らせた。

あのときから、よく「カフェ・居場所」で時間をつぶすようになった。無料塾《むりょうじゅく》をやめてからは、アベルとふたり、さらに利用回数が増《ふ》えた。マスターはブツブツ言うけど、あたしたちを追い出したりしない。

そうだ、半分忘《わす》れてたけど、今日はあいつがアベルに勉強を教えに来る日だった。

しまった。アベルが口をきかないことを、あいつに教えるの忘れてた。

扉《とびら》を開けると、とりつけられた鈴《すず》が鳴る。カウベルというのだそうだ。牛の首にとりつける鈴。カラカラコロコロ、間の抜《ぬ》けたような音を立てる。

カウンターの向こうで、コーヒーを淹《い》れているマスターがこっちを見た。なんとなくうれしそうな顔で、チョイチョイと二階を指さした。

急な階段《かいだん》を上ってふすまを開けると、ふたりの男子がちゃぶ台のそばで寝《ね》っ転《ころ》がっていた。

寝《ね》っ転《ころ》がっているんじゃなくて、眠《ねむ》っていた。

アベルはあおむけに大の字になって、グースカ寝息を立てている。もうひとり、転校生の山之内《やまのうち》も寝ていた。こちらは眼鏡《めがね》をかけたまま横向きに丸まっている。

なぜかふたりとも、妙《みょう》に幸せそうな顔で寝ていた。ちゃぶ台には、空のマグカップがふたつと食い散らかしたおかきの包み紙。それから、アベルのノートと筆記用具が散乱《さんらん》している。

ノートを開いてみた。

アベルの書いた小さな数字が、蟻《あり》のダンスのように散らばっていた。

6、12、18、24、30……
7、14、21、28、35……

最初のページは、九九のおさらいだった。

アベルも九九は、ゆっくりだけど正しく書ける。「あおぞら」の先生に、かけ算と割《わ》り算《ざん》を特訓してもらったからだ。グルグルグルと赤ペンで花まるが描《か》いてある。小学生なら喜びそうな、子どもだまし的なド派手《はで》な花まるだ。これは山之内が描いたものだろうか。

次のページには、その逆《ぎゃく》の割り算。

9÷3、24÷6、73÷7、というように、徐々《じょじょ》に難《むずか》しくなるように書いてある。最後のほうは余《あま》りが出る割《わ》り算《ざん》だ。

ここまではアベルもなんとか解答している。よかった。「あおぞら」で教わったことを、ちゃんと覚えてるんだ。また大きな花まるが描《か》かれていた。

けれど次のページから、アベルは全然ダメになる。二桁《けた》同士の割り算だ。

83÷25

何度も消しゴムで消して、紙が破《やぶ》けてる。「おしい！」という赤い文字は、山之内が書いたんだろうか。次のページに、また同じ筆算の式が大きく書かれていて、「3と5　指かくし」という文字と、「だいたい」という文字も書かれていた。

なるほど。小学校のとき、こうやって教わったことをぼんやり思いだした。

そこからまた、まちがいが何度も続いたあとに、アベルはとうとう正解《せいかい》を出す。

83÷25の答えは、3余り8。

また花まるが、グルグルグルグル力強く躍《おど》っていた。

そこから先にも、同じような筆算が延々《えんえん》と続いている。アベルのつまずきを山之内は赤ペンでコツコツなおし、繰《く》り返《かえ》し教えなおして正しいほうに導《みちび》いていた。

どんだけ根気があるんだ、こいつ。あたしだったら、ぜったい途中《とちゅう》でキレている。

いちばん最後の割《わ》り算《ざん》は350÷120だった。

何度も何度も何度も、アベルはまちがえていた。けれどもとうとう最後の最後に、2余《あま》り110という答えにたどり着いて、今までいちばん大きな花まるをもらったところで、ノートの字は終わっていた。

よかったね、アベル。三桁《けた》の割り算できて、よかったね。

アベルは外見と違《ちが》って、気が弱くっていつもオドオドしている。「あおぞら」で一緒《いっしょ》だった、アベルと同じ中学のやつが、「こいつ、マジでバカなんだよなー」とつぶやいたのを聞いたことがある。

「あんた、そうやって学校でアベル、いじめてんの?」

ギイッとにらんでやると、その男子はあわてて両手と首を同時に振《ふ》った。

「いじめてなんかいませんって! こーんな体格《たいかく》いいやつ、いじめんの怖《こわ》いじゃないですかー。けど、もっと小さいときは子どもって無謀《むぼう》だから、いろいろからかわれてたみたいだけど……。『ブラック大仏《だいぶつ》』とか。ほらアベルって、見た目のインパクトのわりにおとなしいから、いろいろ言われやすかったのかも。だから口きかなくなったのかな。小四くらいから、急に口きかなくなったって聞いてますよ」

やっぱりそうか。小さいころからずっとバカバカと言われて、そのうえ外見までからかわれ続けて、けっこう繊細《せんさい》なところがあるアベルは心を傷《きず》つけられたんだ。アベルに、口をきかない理由を直接《ちょくせつ》聞いたことがなかったけれど、聞かなくてよかったと思った。

「アベル。よく勉強したね」

そっと声をかけてやると、アベルはムニャムニャ口を動かして、今度は横向きに体を丸めて寝《ね》続《つづ》けている。そばで同じような体勢《たいせい》で、同じような幸せそうな顔で寝ている山之内。

「おい、起きろ」

肩《かた》のところを揺《ゆ》さぶってみると、

「はいっ?」

びっくりしたような声を出して、山之内は目を開けた。ガバッと起き上がると、ずれた眼鏡《めがね》をなおしている。あたしの顔を見ると、おびえたような暗い顔になった。

「なんだよ、その顔は」

あ、そっか。そりゃあ暗い顔にもなるだろう。あたしはこいつの秘密《ひみつ》をネタに、脅《おど》して無理やりここに来させているんだった。だからさっきの、幸せそうな寝顔が不思議だったんだ。

「……アベルくんに、割《わ》り算《ざん》を教えました」

山之内はボソボソと説明した。

「苦労しましたが、三桁《けた》の割り算までいきました」

「あっそ」

「アベルくんは、いい子ですね」

アベルの寝顔《ねがお》を見ながら、しみじみと言う。

「そうだよ。ちょっとおバカだけどね」

「バカと言わないであげてください。その言葉は人を傷《きず》つけます」

「ふうん……。あんた、わかっててんじゃん」

「……ぼくもいろいろ苦労したもので」

「はーん」

あたしは、ちょっと白けた思いで山之内を見た。

「エリート中学クビになって、公立中に来たことを言ってるわけ？　そんなこと、苦労でもなんでもない。いいところのおぼっちゃんが、苦労とか言ってんじゃねえよ！」

山之内の顔がサーッと耳まで赤らんだ。

しばらく黙《だま》っている。口をとがらせている。

「甘《あま》いんだよねー」

もっと嫌《いや》な気分にさせてやりたくて、さらに言ってやる。

「あんた、どうせ金持ち村の住人でしょ？　金もあれば頭だっていい。このアベルのノート見たらわかる。バカにはこんな教え方はできない。なんだって持ってるじゃん。気安く苦労とか言うな、バーカ」

「……あ、あ、頭がいいと言いながら、バーカとか、矛盾《むじゅん》した発言はやめてください」

「うっせーよ。このおぼっちゃまが！」

「その発言も取り消してください。ぼぼ、ぼくはそう言われるのが、いちばん嫌《いや》なんだ」

「だってそうじゃん。あんた、金に困《こま》ったことあんの？」

山之内は圧倒《あっとう》されたように黙《だま》った。あたしから目をそらすと、モジモジとしている。

「貧乏《びんぼう》は……、たしかに知りません」

「ほら、見な」

「それは……、気の毒だとは思います」

「はぁ？」

カーッと頭に血が上った。

「あんたに気の毒とか、思ってもらわなくてけっこうだよ！　上から目線で同情《どうじょう》とかすんな。うちらを見くだしてんのか！」

「そそそ、そんなことありません！　見くだすだなんてそんな」

「いーや、見くだしてるね。あんたぜったい心の中で、貧乏人を下に見てる。だから、やなんだよ。金持ちのおぼっちゃまは！」

「だから、その言い方はやめてくださいってば」

山之内も、泣きそうな顔になってわめいた。

「どうしたらいいんですか。きみは、はなから喧嘩腰《けんかごし》じゃないですか。きっと、ぼくがなにを言おうと気に入らないんでしょ？　ぼくが貧乏《びんぼう》でバカなら、気に入ってくれるんですか」

「……おまえら、ギャーギャー大声出すな」

ふすまが開いて、マスターがしかめっつらをのぞかせた。

「下まで響《ひび》いて迷惑《めいわく》なんだよ。叩《たた》き出《だ》すぞ！　ほら、アベルもおびえてるだろーがよ」

見るとアベルが起き上がって、あたしと山之内を交互《こうご》に見ている。

オドオドして、フゥンフゥンと息を荒《あら》くして、キョロキョロッと目だけ動かしている。

アベルの様子を見て、山之内がしまったという顔になって黙《だま》った。

あたしも黙って、アベルの大きな背中《せなか》をポンポンしてやった。

プッと、マスターが吹《ふ》き出《だ》した。

「おまえら、なんか、子どもの前で喧嘩しちまった夫婦《ふうふ》みてえ」

5　哀《あわ》れみ〈山之内和真《やまのうちかずま》〉

夫婦《ふうふ》などではない。断《だん》じて、夫婦なんかじゃない。

「カフェ・居場所《いばしょ》」からの帰り道、ぼくは憤然《ふんぜん》として歩いていた。

なぜ佐野《さの》さんから、あのように怒《おこ》られねばならないのか。キレられねばならぬのか。

考えてもみてほしい。ぼくは彼女《かのじょ》に脅《おど》されて、無理やりアベルくんに勉強を教える羽目になっているのである。しかもその約束を果たしているというのに、苦労知らずだの、おぼっちゃまだの、人を見くだしているだのと怒鳴《どな》られた。

まったくもって理不尽《りふじん》だ。不条理《ふじょうり》にもほどがある。

しかし、アベルくんのキョロキョロッと動く目や、フレンチブルドッグのような鼻息を思いだすと、なにやらほのぼのとした思いもこみあげた。

アベルくんは、信じがたいほどに基礎《きそ》ができていなかった。小学校レベルのことが、まったくできていなかった。自分のことを「バカだから」と、ノートに書いてぼくに伝えてくるのも、わかった気がしたほどだ。

けれどアベルくんは、一心不乱《いっしんふらん》にぼくの言うことに耳を傾《かたむ》けてくれた。

初めて会った、ぼくのなにに共感したのかわからないけど、受け入れてくれた。

ペキッとシャープペンシルの芯《しん》が折れる音。ガシガシと消しゴムを使う音。ビリッとノートが破《やぶ》れる音。苦しげに顔をしかめる、アベルくん。

もうここまでかと思ったときに、マスターが持ってきてくれた、ホットミルクとおかき。

「おうっ、アベル、勉強してんじゃねーか！　兄ちゃん、おまえ腕《うで》ききだな！」

バンバンとぼくらの背中《せなか》を叩《たた》き、階下に下りていく。

ふたりでホットミルクを飲み、おかきをかじりながら、また少し元気になって割《わ》り算《ざん》にとりくむ。そして長い長い格闘《かくとう》の末、アベルくんはついに三桁《けた》の割り算を解《と》いたのだった。

「やった！　アベルくん、やったよ！」

解答《かいとう》にグルグルと花まるを描《か》いてやると、アベルくんはハードな試合後のボクサーみたいに、へらっと笑った。そうして力つきたように、横たわってグウグウ寝《ね》てしまったのだった。

ぼくもその横に寝転がって、なんとも言えない達成感に包まれた。

思えば蒼洋中学《そうようちゅうがく》をクビになり、居場所《いばしょ》をなくしていたぼくが、理不尽《りふじん》にも流れ着いたこの場所。

「カフェ・居場所」

皮肉な店名だと思っていたが、この居心地《いごこち》のよさはどうだろう。

カッチンコッチンと古い時計の音。

ささくれだった畳《たたみ》から漂《ただよ》う、ほこりっぽい匂《にお》いも好もしい。

胃腸が、さっき食べたおかきを消化すべく活動して、ぼくは幸せにゲップをした。

そうして、いつのまにやらアベルくんとともに、気持ちよく眠《ねむ》ってしまったのだった。

佐野さんに起こされるまでは。

またあの理不尽《りふじん》な怒鳴《どな》り声《ごえ》を思いだし、顔をしかめる。マスターが「忘《わす》れろ」と言った言葉も、忘れることができずに思いだした。

「樹希《いつき》んちは生活保護《せいかつほご》家庭だろうが」

生活保護という制度《せいど》は聞いたことがあっても、それを実際《じっさい》に受けている人と関わりを持ったのは初めてな気がする。もちろん受けている人が、「うちは生活保護だ」と公《おおやけ》にすることは少ないだろうから、知らなかっただけかもしれないが。

とにかく彼女《かのじょ》は、ぼくが知らないお金の苦労をしながら生きているのだろう。かといって、そのストレスをぼくにぶつけるのは、違《ちが》うのではないかという気がする。

私立中学《しりつちゅうがく》から来たという裕福《ゆうふく》そうなイメージだけで、ぼくがなんの苦労もなく生きていると、思われているのも心外だ。

ぼくの今までを、きみは知っているのか。

遊《あそ》び盛《ざか》りの小学生の時期に鼻血を出しながら勉強して、やっと入った中学で落ちこぼれ、クビになった気持ちがきみにわかるのか。高校入試で高偏差値校《こうへんさちこう》に合格《ごうかく》し、失敗を巻《ま》き返《かえ》すのが当然と思われているこのプレッシャーが理解《りかい》できるのか。

きみとぼくとのあいだには、きっと広くて深い川が流れているのだろう。その川に橋をかければいいのかもしれないが、はなから喧嘩腰《けんかごし》の対岸に、なぜ渡《わた》っていかねばならないのか、ぼくにはその必要性《ひつようせい》がわからない。

「あれ……？　もしかして、山《やま》っち？」

突然《とつぜん》、後ろから声をかけられ振《ふ》りかえる。

「あーっ、ほんとに山っちじゃん！」

目を大きくしばたたかせながら、こちらを見ている男を見て、ぼくは思わず後ずさりした。

蒼洋中学で、かつてクラスメイトだった桜田《さくらだ》くんだった。彼《かれ》が習っているピアノの先生宅《たく》が、たしかこの近くだったことをぼんやりと思いだした。

「久《ひさ》しぶり！　元気してた？」

大股《おおまた》で近よってくると、躊躇《ちゅうちょ》なくぼくの手をとり振りまわす。ブリュッセルで生まれ、ボストンの小学校で育った帰国子女の彼《かれ》は、あいかわらず動作が外国人みたいに大げさだった。

「制服姿《せいふくすがた》、初めて見たけど似合《にあ》ってるね」

ぼくは、あっと思った。今日はまだ家に帰っていないから、当然制服のままだ。違《ちが》う学校の制服姿など、見られたくはなかったのに。

言葉が出なくてうつむいているぼくを、彼は無邪気《むじゃき》そのものという目で見つめて、

「学ランっていいよな。日本だけにしかない制服だ」

うんうんと、ひとりでうなずいている。

「どう？　環境《かんきょう》変わって、たいへん？」

「あ、うん。まあ……」

あいまいに言葉をにごしながら、桜田くんの無邪気さが、うらめしい気がした。

桜田くんは、いつだってこんなふうに、まっすぐに人の目を見つめる人だった。

帰国子女で英語がペラペラなうえ、全科目要領《ようりょう》よく、たいした努力もしてなさそうなのに、平均点《へいきんてん》をクリアしてくるのだった。

ピアノがべらぼうにうまくて、文化祭のときに披露《ひろう》すると、つめかけたお母さんたちや他校の女子がキャアキャアと騒《さわ》いだ。そうして、ぼくのような底辺のさえない生徒にも、気さくに親切にしてくれるのだった。

「今、塾《じゅく》の帰りかなにか？」

「……うん」

そう言われれば、そうとも言える。自分が教わるのではなく、人に教えてきたのであるが。それも、同級生女子に蒼洋中学をクビになったことをバラさない見返りとして、強要されているのだ……などと言えば、この桜田くんの曇《くも》りのない目も曇るだろうか。

「そっか……。山っち、がんばれよ！」

桜田くんは、ぼくの手を握《にぎ》った右手はそのままに、もう片方《かたほう》の手で肩《かた》をポンポンとやさしく叩《たた》いた。

「だいじょうぶだよ。山っち、努力家だから。うちの学校と合わなかっただけで、ぜってー、だいじょうぶだから！」

だいじょうぶって、なにが。

ぼくは、問いかえしたかった。なにが、どうだいじょうぶなのか。そしてこの、やたらにやさしいしぐさと、目線はなんなのか。

ぼくは、反射的《はんしゃてき》に彼《かれ》の手を振《ふ》りはらった。振りはらわれて、彼はわずかに戸惑《とまど》いの表情《ひょうじょう》を浮《う》かべたが、あいかわらず慈愛《じあい》に満ちたような目でこちらを見つめている。

——同情《どうじょう》しないでくれ——

ぼくは叫《さけ》びたかった。気づかないのか。きみの、その無邪気《むじゃき》さとまっすぐなまなざしが、どうしようもなくぼくを傷《きず》つけていることに。

わかっている、ぼくが悪いのだ。きみの慈愛《じあい》を受けとれない、ひがんだ心のぼくが悪いのだ。だからよけいに辛《つら》いのだ。

自分より優《すぐ》れているもの。恵《めぐ》まれているもの。幸せそうなもの。すんなりと尊敬《そんけい》したり憧《あこが》れていればよいのに、うらやましくて、ねたましい。ぼくはなんと小さな人間なのだろうか。そんな自分が情《なさ》けなくて、だからよけいに辛いのだ。

「……ごめん。ちょっと今急いでて」

「そっか。こっちこそ、ごめん。引きとめちゃって。また文化祭とか遊びに来いよ！　じゃあな！」

桜田くんは、どこまでも澄《す》んだ目で、ぼくに向かって手を振《ふ》った。クビになった学校の文化祭に、おめおめと行けると本気で思っているのか？　逃《に》げるようにその場をあとにしながら、ぼくはさっきの佐野さんの怒鳴《どな》り声《ごえ》を思いだしていた。

(上から目線で同情《どうじょう》とかすんな。うちらを見くだしてんのか)

ああ、とぼくは思う。

きみにとってのぼくは、ぼくにとっての桜田くんなのかもしれない。

5 哀れみ〈山之内和真〉

自分にないものをみんな持っていて、無邪気《むじゃき》そうに微笑《ほほえ》んでいるもの。気がつかない無意識《むいしき》で、他者を哀《あわ》れんでいるもの。

哀れんでいるものは、自分の放つ匂《にお》いに気づかない。

哀れまれているものだけが、その匂いに気づくのだ。


学校に行って、佐野さんに会うのが怖《こわ》かった。さぞかしぼくのことを、射《い》るような目でにらんでくるに違《ちが》いない。

はからずも貧《まず》しい人たちに対する、ぼくの意識を露呈《ろてい》してしまった。哀れみのみではなく、嫌《けん》悪《お》すら感じていることを、佐野さんはきっと嗅《か》ぎとったに違いない。

謝《あやま》ろう、と思った。

彼女《かのじょ》に秘密《ひみつ》を握《にぎ》られている弱みを思うと、機嫌《きげん》を損《そこ》ねるのが怖かった。なんといっても、身の安全を図《はか》ることが第一だ。

「あのう……」

今日も、だるそうな顔で登校してきた佐野さんに声をかけると、彼女は疲《つか》れたような目つきでぼくを見た。

「えっと……」

言いよどんでいるぼくから、興味《きょうみ》なさそうに視線《しせん》をはずすと、

「来週も、来るよーに」

ひとこと小さな声でささやくと、机《つくえ》の上に突《つ》っ伏《ぷ》す。どうやら想像《そうぞう》していたほど、ぼくに対する悪意をつのらせてはいないようでホッとする。

「……樹希、また疲《つか》れてんの？」

城田《しろた》エマさんが、佐野さんの机に近より、声をかけている。

今日も唇《くちびる》はポッテリとピンク色で、髪《かみ》はサラサラツヤツヤとしている。

「保育園《ほいくえん》に送るの、ちゃんとまにあった？」

「うるさい」

佐野さんは、手でハエを追うようなしぐさをした。

「なにそれ。樹希、態度《たいど》悪すぎだしー。エマが心配してあげてんのに」

「心配とかいらねーって。それよか、自分のことエマって言うのやめろ」

「人の勝手でしょ！」

また、ふたりのあいだに不穏《ふおん》な空気が漂《ただよ》い始《はじ》めている。しかし、ぼくは気がついた。佐野さんのことを、城田さんは「樹希」と下の名前で呼《よ》ぶ。クラスのほかの女子たちは、なぜか佐野さんのことを怖《こわ》がっているような、避《さ》けているような雰囲気《ふんいき》があって、呼ぶ必要があるときだけよそ

よそしく苗字《みょうじ》で呼《よ》ぶ。

仲が悪そうでいて、城田さんだけが佐野さんと、親しい間柄《あいだがら》なのかもしれなかった。

それにしても「保育園《ほいくえん》に送る」って？

「あのう、城田さん」

その日の帰りがけ。

ひとりで階段《かいだん》をほうきで掃《は》いていた城田さんに、思い切って声をかけてみた。

「なに？」

「城田さんって、佐野さんと親しいの？」

「んー」

彼女《かのじょ》は右手人差し指を頬《ほお》に当てると、天井《てんじょう》を見上げた。

「小学校同じで、けっこう仲よかったの。エマは今でも樹希のこと嫌《きら》いじゃないよ。けど、樹希はそうじゃないかもね。ところで山之内くん、なんでそんなこと聞くの？」

「いやあの、朝に保育園がどうたらこうたら、言ってたよね」

「ああ、樹希は病気のお母さんの代わりに、妹の保育園の送《おく》り迎《むか》えとかやってるの」

「へー。中学生なのに、保育園の送り迎えを……」

「しかたないよね。母親代わりに、ご飯作りなんかも、みんなやってるみたいだし。エマもなにか力になれたらとは思うけど、ああやって、うるさいとか言われるし」

「そうなんだ。お父さんはどうしてるの？　お母さんの病気って重いの？」

「お父さんは、樹希が五年のときに死んじゃったから……。うーん、いろいろ知ってはいるんだけどー、どこまで言っていいのかわかんない。だって、人のプライバシーでしょ」

「そそ、そうだよね。ごめん」

ぼくは城田さんの、意外にしっかりとした判断力《はんだんりょく》に恥《は》ずかしくなった。そのとおりだ。人のプライバシーに首を突《つ》っこむべきではない。彼女《かのじょ》は思いのほか常識的《じょうしきてき》だ。

「けど山之内くん、そんなに知りたがるだなんて……。もしかしてー、もしかしたらー、樹希のこと好きになっちゃった？」

「まま、まさか。単に疑問《ぎもん》を持っただけのことで……。他意はないよ！」

「ふうん、そうなの……。思ってたんだけど、なんか山之内くんって、すっごく賢《かしこ》そうな匂《にお》いがするよねー」

そう言ってぼくに顔を近づけて、クンクンと嗅《か》ぐしぐさをした。甘《あま》い髪《かみ》の匂いが、フワンと鼻をくすぐる。

「ねえ、樹希のプライバシーは教えてあげられないけど、もしエマとデートしてくれたら、教えてあげてもいいよ」

「ええ、あの、あのあの」

動揺《どうよう》して飛びのいたら、階段《かいだん》にかかとが当たって、後ろに倒《たお》れて尻《しり》もちをついた。

「やだー、だいじょうぶ？　冗談《じょうだん》だよ、冗談！」

クスクス笑っている彼女《かのじょ》の声を聞きながら、ぼくは、ほうほうの体《てい》で逃《に》げ出《だ》した。

一度でも、「常識的《じょうしきてき》」などと思ったのがまちがいだった。そして、冗談という言葉にがっかりとしている自分を恥《は》じる。


城田さんの「好きになっちゃった？」という言葉も、マスターの「おまえら、なんか、子どもの前で喧嘩《けんか》しちまった夫婦《ふうふ》みてえ」という言葉も、両方まったく事実とは異《こと》なる。ぼくにとっての佐野さんは、あくまで「秘密《ひみつ》を握《にぎ》られている」ものとして恐怖《きょうふ》の対象であり、好感などはありえない。

彼女が住んでいるらしい「貧《まず》しい世界」のことを、ぼくはなにも知らず、知ったところでどうしようもない。

それなのにぼくは教室で、佐野さんの様子をチラチラと見てしまうのだった。

佐野さんは教室ではたいてい、不機嫌《ふきげん》そうにだるそうにしている。授業中《じゅぎょうちゅう》はたいてい寝《ね》ているか、ぼんやり窓《まど》の外を見ているかで、あまり授業を聞いている様子はなさそうだ。来年は高校入試だというのに、このやる気のなさはどうだろう。

ぼくが得ている、佐野さんの情報《じょうほう》は以下のとおりだ。

お父さんは亡《な》くなっており、お母さんは病気であり、生活保護《せいかつほご》を受けており、小さな妹の世話や家事までしている。

態度《たいど》は悪く、ものの言い方も乱暴《らんぼう》であるが、妹の保育園の送迎《そうげい》までしているところをみると、そこまでたちの悪い人間ではないのかもしれない。また、ぼくを脅《おど》してアベルくんに勉強を教えさせているが、考えてみれば彼女《かのじょ》はなんの得をしているのか？

アベルくんは無料で勉強を教わることができるが、彼女にとってのメリットなどなにもないはずである。妹のみならず、アベルくんの世話まで焼いているということか？

「エマは今でも樹希のこと嫌《きら》いじゃないよ」

城田さんは、そう言った。佐野さんはいったい、どんな人なのか。城田さんが知っていた小学校のころの佐野さんは、どんな少女だったのだろう。

火曜日。

またぼくは、「カフェ・居場所」にアベルくんを教えに行った。

「おお、賢《かしこ》い少年。よく来たな！」

再《ふたた》びマスターに歓迎《かんげい》され、背中《せなか》をバシバシ叩《たた》かれる。待っていたアベルくんに、先日の割《わ》り算《ざん》の方法を復習《ふくしゅう》させ、続いて分数の計算を教えた。

アベルくんは、今日も丈《たけ》が短くなった色あせたトレーナーを着ていた。そして、分数の計算にぼうぜんとしていた。分母が同じものはともかく、違《ちが》うものはお手上げだった。「通分」の意味がまったくわかっていない。「約分」も同様だった。

一から教えてわかるたんびに花まるをつけてやり、またマスターに「兄ちゃん、腕《うで》ききだな」とほめられ、今回はアイスカフェオレとチーズケーキにありつき、再《ふたた》び勉強へともどる。

今回アベルくんの集中力はたやすく途切《とぎ》れ、シャープペンシルを持ったままよそ見ばかりしている。「疲《つか》れたの？」と聞くと、うんとうなずく。そして、

――こんなにつづけて勉強するの、つかれる――

小さなヨレヨレした字をノートに書きつけて、ため息をついた。

さっきの休憩《きゅうけい》から、まだ十五分くらいしかたっていないではないか……という言葉を呑《の》みこみ、再び休憩をとる。アベルくんは首や肩《かた》をグルグルと回し、立ち上がって体を横や後ろに反らせてストレッチをした。フゥン、と息をつくと、またちゃぶ台の前に座《すわ》る。

「だいじょうぶ？　勉強できる？」

――もういっかい、がんばる――

「オッケー。がんばろう！」

そうやって疲《つか》れるたびに励《はげ》まして、分数の勉強を続行する。

六時を過《す》ぎるとアベルくんは、魂《たましい》が抜《ぬ》け果《は》てたごとくに疲れきり、この前と同じに眠《ねむ》ってしまった。けれど分母が違《ちが》う分数の、たし算の正解率《せいかいりつ》が少し上がった。

グウグウ眠っているアベルくんを見ていると、また、ほのぼのとした思いがこみあげる。

古時計の音と、古畳《ふるだたみ》の匂《にお》い。下のカフェにお客が出入りするときに、カラコロと鳴る鈴《すず》——カウベルという名前らしい——の音も、この前同様好もしい。

この場所に、アベルくんに、癒《い》やされていると、ぼくは思う。

あまりにも意外だけれど、そう思う。

アベルくんの茶色い顔と、横に広がった鼻。

フゥンフゥンと、フレンチブルドッグみたいな寝息《ねいき》。

この癒やされ感は、どこから来るものなのか。なんだか少し心配になる。

この前佐野さんに怒《おこ》られた、自分でも気がついていない「上から目線」な哀《あわ》れみでアベルくんを見て、自分を慰《なぐさ》めているのだろうか？

ぼくは、注意深く自分の心の中をのぞいてみる。

いや……、それとは違うものがある。たしかにある。

ぼくは純粋《じゅんすい》にうれしいのだ。

自分を待ってくれている場所がある。そこで、やるべき仕事がある。

そのことがしみじみとうれしいのだ。

先週ぼくは、梅酒をまちがえて飲んで酔《よ》っぱらい、陸橋の上から身を乗り出していた。よく覚えていないけれど、あのとき背中《せなか》に張《は》り付《つ》いていたのはたしかに、絶望《ぜつぼう》の一種だったと思う。

けれど、それを忘《わす》れているひとときが、こうしてここにあるということ。まったく想定外の、思いがけない出来事なのだった。そしてそのきっかけを、ぼくが嫌悪《けんお》していた「貧《まず》しい生活レベルの人」から与《あた》えられている。実に、意外だ。

そんなことを思いながら、アベルくんの横にひっくり返って天井《てんじょう》を見つめていたら、また店のカウベルが勢《いきお》いよくカラコロと鳴る音がした。階段《かいだん》を上ってくる足音も聞こえてくる。

さらっとふすまが開いて、顔をのぞかせたのは佐野さんだった。

6 羨望《せんぼう》〈佐野樹希《さのいつき》〉

　ふすまを開けると、グーグー寝《ね》ているアベルと、その横であわてて起き上がった山之内《やまのうち》の姿《すがた》が目に飛びこんできた。

　今日も来てるのか。この前、「気の毒だとは思います」なんて言われて、ムカムカして怒鳴《どな》りつけたから、もう来ないかと思ってた。

「あんた、来てんだ」って言ったら、

「来週も来るようにと、言ったのはそちらですよね」

　山之内はちょっと、戸惑《とまど》ったような顔をした。

　そういえば、学校でそんなことも言ったような気がする。

　このごろ、なんだか疲《つか》れて頭もぼーっとしてて、よく覚えてないけど。

　嫌《いや》だ。ハハのウツが、うつってたらどうしよう。

「……あのう、来なくていいんですか」

恐《おそ》る恐《おそ》る、という感じで、山之内が聞いてきた。

「もともとは、佐野さんが『でないとあんたの、秘密《ひみつ》をバラす』と言って始まったことです」

そうだった。あたしが強制《きょうせい》したんだった。

ちゃぶ台にのっかったままの、アベルのノートを手にとってパラパラとする。

「今日は分数なんだ」

「はい。アベルくんは、通分も約分もわかっていません」

「あっちゃー、だいじょうぶかよ、アベル」

「だいじょうぶではありませんが……、幸いなことに、彼《かれ》には今やる気があります」

「やる気？　アベルに？」

「根気はないですが、やる気はあります。彼なりに必死にやってます。今日も、分母が違《ちが》う分数のたし算を、かなり演習《えんしゅう》できましたし」

あたしは黙《だま》ってノートをめくる。また、たくさんの花まるがノートに躍《おど》っていた。

何ページも何ページも、蟻《あり》の行列みたいにアベルの字が続いているのに、改めて驚《おどろ》く。この前もびっくりしたけど、それが今日も続いていることに感心する。

あたしの知っているアベルは、集中力も根性《こんじょう》もほぼゼロだ。そのアベルに、これだけ勉強をさせている山之内にも驚く。

「アベルくんは、がんばっています」

山之内が、自分のことのように得意そうに言って、寝《ね》ているアベルを愛《いと》おしそうに見た。

「自分でも意外ですが……、ぼくは、うれしいです」

「はぁ？」

「うれしいんです。あのう、ここ……」

おずおずと、昭和《しょうわ》な八畳《じょう》の和室をながめまわすと、ほんのり笑顔《えがお》になった。

「居場所《いばしょ》ですよね、ほんと」

「そりゃ、『カフェ・居場所』だから」

「いえ、そうじゃなくて、いて心地《ここち》よい場所っていうか。そういう場所が……、今までなかったものだから」

「前の学校に、いられなくなったこと言ってんの？」

「そうですね……。それもあります」

「へーえ。けどあんたなんて、家に帰ればしっかりした親とかいて、だいじにされてるんでしょ？　なにもこんなボロい場所でうれしがらなくても、いくらだって居場所があるじゃん。ここは、あたしとアベルの居場所だから」

山之内は黙《だま》りこんだ。眼鏡《めがね》の奥《おく》の目をパチパチさせて、口元をぎゅうっと結んで、あたしから目をそらす。

「……きみに説明するのは、難《むずか》しいです。ぼくの家庭は、たしかに恵《めぐ》まれているのでしょう。お金に不自由したことだけはありません。家族全員、みな健康です。けれどそれで……、すべてがうまくいっているのかというと、そうではありません。けれども、きみに説明したところで、甘《あま》えだと思われてしまいますからね」

またイラッとした。あたしなんかには、理解《りかい》できない苦労があるって言いたいのか？

常日《つねひ》ごろ、抑《おさ》え続《つづ》けている苛立《いらだ》ち。たいていうまく、隠《かく》しているつもりの苛立ち。それがこいつを前にすると、噴水《ふんすい》みたいに勢《いきお》いよく飛び出してしまう。

あんたの、ぬるい苦労とはわけが違《ちが》うんだ。あたしなんて、あたしなんて……。

「小五のときに父親が、借金と、ハハのお腹《なか》に赤《あか》ん坊《ぼう》だけ残して死んじゃうって、どう思う？」

山之内が、顔を上げてあたしを見た。

「生活保護《せいかつほご》受けて、なんとか暮《く》らして。でもそれがクラスのやつらにバレちゃって、『得してるくせに隠してんのはずるい。生活保護受けてるやつは全員、生活保護Tシャツ着ろ』って言われるってどう思う？」

山之内が目を見張《みは》った。

「ハハは心の病気でなんにもできずに、寝《ね》こんでるだけ、家事やら妹の世話やら、全部あたし。

そのくせ、『死にたいって叫《さけ》びたくなる気持ちを、我慢《がまん》してるんだからほめてくれ』ってハハに言われる気持ち、どう思う?」

山之内が、苦しげな顔になって視線《しせん》を落とす。

「あたしなりに夢《ゆめ》はあった。けど生活保護《せいかつほご》家庭の子は、大学行っちゃいけないの。高校出たら『働く能力《のうりょく》あり』だから、就職《しゅうしょく》しなきゃなんないの。進路を選ぶ自由も、将来《しょうらい》を夢見る権利《けんり》も、うちらみたいな貧乏人《びんぼうにん》にはないんだよ。ねえ、どう思う?」

山之内が息を呑《の》んでいる。目を見開いたまま、黙《だま》っている。

ほらごらん。世の中にはね、あんたなんか想像《そうぞう》もつかない生活を、してるやつがいるんだよ!けれど、苦い思いもこみあげてくる。こんなことを、こんな他人にぶちまけてしまった。なんで言ってしまったんだろ。言ってもどうしようもないことなのに……。また、こいつに哀《あわ》れまれるだけなのに。

「……ほんとうですか?」

「は? あんた、あたしが作り話してると思ってんの?」

「違《ちが》います。生活保護家庭の子は、大学に行っちゃいけないっていうところです。そんな、本人の希望を無視《むし》した制限《せいげん》が、ほんとうにかかっているんですか?」

「担当《たんとう》のケースワーカーが、そう言ってたんだからそうなんだろ! 昔だったら、中卒で働いてたもんだって。高校がタダで行けるだけ、感謝《かんしゃ》しろって感じだった。とにかくお金が出ないんだから、しかたないじゃん」

「お金は……、たとえばきみが、高校入ったらバイトをして貯《た》めるとか……」

「生活保護《せいかつほご》家庭の子どもがバイトをすると、そのバイト代の分、家にもらえるお金が減《へ》るんだって。だからバイト代は生活費になっちゃって、あたしの手元には残らない。そもそも、生活保護で暮《く》らしてる家は、貯金なんて認《みと》められてないんだよ。いっぱい貯金できるくらいなら、生活保護いりませんよねってことになるんだよ」

「そんなこと……」

山之内は絶句《ぜっく》した。

「そんなこと不条理《ふじょうり》だ。おかしいよ」

「しかたねーじゃん。そういうことになってるんだから」

「ほんとうに、そうなんですか？　貯金も進学もだめだなんて。それじゃあ勉強する気も起きないじゃないですか。まちがってる」

「そう思うなら、おまえがなんとかしてくれよ」

「いや……、ぼくは一中学生だし、そんな力はありませんけど」

「だろ？　どうせ、なんにもできないいんだから黙《だま》ってろよ」

空気がまた悪くなりかけているところに、むくっとアベルが起き上がった。腫《は》れぼったくなったまぶたをゴシゴシ手でこすって、あたしがいることに気がつくと、うれしそうな顔をする。

ちゃぶ台の上に置かれたノートを手にとって、得意そうに開けて見せてきた。

いつものように無言だけれど、目が笑っている。

「ああ、見た見た。さっき見た。アベル、めちゃ勉強してる」

アベルは茶色い手の、白い爪先《つめさき》で山之内を指さした。

「なに？」

もどかしそうに口をパクパクさせていたけれど、ちゃぶ台の上のシャープペンシルを握《にぎ》って、ノートの余白《よはく》にチマチマと字を書いた。

——この先生、おしえかた、うまい——

「へえ」

——いつきみたいに、おこらない——

「このやろ！」

ポンと頭を叩《たた》いても、アベルはされるがままでニコニコしている。

山之内がノートを手元に引《ひ》き寄《よ》せて、今アベルが書いた文字を見つめると、口をとんがらせた。なにか不服でもあるのかと思ったけれど、よく見ると山之内は感動しているようだった。

アベルが立ち上がってふすまを開けると、階段《かいだん》を下りていった。どうやらトイレみたいだ。あたしと山之内、ふたりきりになる。

「アベルくんは……」

小さな声で、山之内がつぶやいた。

「どうして声が出ないんですか。なぜ、いつも筆談なんですか」

「知らねーよ」

「なにが原因《げんいん》で、ああいう感じになったんでしょうか」

「だから、くわしいことは知らねーし。ただ……」

「ただ、なんですか？」

「あいつと同じ中学のやつの話だと、小四くらいから、急に口きかなくなったって。ほら、あいつ頭わりーし、見た目のインパクトもありすぎだし。だから、学校でいろいろ言われてたって……」

「それは、あのう、あれですか？　肌《はだ》の色の違《ちが》いとかも含《ふく》めてって、ことですか？」

「そういうことじゃね？　それに、あいつんちも貧乏《びんぼう》で、母ちゃん働きづめみたいで、いつもチンチクリンの服着てるしな。体格《たいかく》いいけどおとなしくて、言いかえしたり暴《あば》れたりしないし。結局さ、この世界はさ、弱いもんは虐《しいた》げられるんだよ！」

山之内は黙《だま》って、手に持ったノートをパラパラとした。

「ぼくは……、アベルくんの声を聞きたいです」

そして、さっき書かれたばかりの文字を、また見つめる。

――この先生、おしえかた、うまい――

「初めて先生なんて呼《よ》んでもらった。ここんとこずうっと、自分をダメダメだと思ってきたけど、アベルくん、ぼくのことを先生って……。字じゃなくって、声に出して言ってもらえたら、もっともっとうれしいだろうな……」

びっくりした。山之内は涙《なみだ》ぐんでいた。

酔《よ》っぱらって、陸橋から身を乗り出していた姿《すがた》を思いだした。

後ろから引きずりおろしたとき、こいつは陸橋の上に倒《たお》れて泣いていたんだった。

お金も頭脳《ずのう》も持っているくせに、甘《あま》えて泣いているやつ。どう考えてもそんなふうに思えてしまうけど、考えたら、あたしはこいつの世界をよく知らない。今までどんなふうに生きてきて、どんな毎日を送っているのか。金持ちの生活なんてわからない。

ただ漠然《ばくぜん》とした、反感とうらやましさがあるだけだ。

「おーい、おまえらー!」

下からマスターの声がする。

「今、客いねえし、ピザトースト作ってんだ。アベルも腹《はら》すかしてるみたいだしよー。おまえらも、食うだろ？」

「ぼくは、けっこうでーす」

山之内は下に向かって叫《さけ》ぶと、自分の筆記用具をかばんにしまい始めた。

「マスターが、ああ言ってんだから食ってけばいいじゃん。腹、減《へ》ってないの？」

「いえ、お腹《なか》は減ってますけど……。家族に図書館で勉強すると言って来てるから。今ここでなにかを食べると、家に帰ってご飯が食べられなくなります。そうすると、いろいろ疑《うたが》われます。それに、これから塾《じゅく》の宿題もしなければいけませんし」

「あんた、賢《かしこ》いんだろ。そんな塾とか行かなくても、高校入試くらい楽勝じゃん」

「普通《ふつう》の高校ではダメなんです」

山之内は苦しげに、ふうっと息を吐《は》き出《だ》した。

「あ、すみません。また、えらそうだと思われましたよね。ただ、うちの親は、トップ校以外は認《みと》めないというところがあって……。ぼくも小さいころから、そういう考えに慣《な》らされてしまって……。なかなか窮屈《きゅうくつ》です。じゃ……」

かばんを斜《なな》めがけにして立ち上がると、トントンと階段《かいだん》を下りていく。

制服《せいふく》の後《うし》ろ姿《すがた》を見送りながら、そうだった、あたしがあいつを脅《おど》して、家族にもウソをつかせて、ここに来させているんだったということを思いだす。

なんだか、うしろめたい気持ちがこみあげてくる。

「なんだよ。兄ちゃん、食わねえのかよ」

不満そうなマスターの声とともに、カウベルの音がした。山之内が帰っていったんだろう。

「せっかく作ってやってんのに……。おい、樹希、おまえ食べるか？」

「食べる」

さっき、売れ残りのトンカツでカツ丼《どん》を作って、奈津希《なつき》に食べさせながら自分も食べたから、まだお腹《なか》はいっぱいだ。

けれど山之内が、腹《はら》をすかせながら食べずに帰ったピザトーストを、あたしが代わりに食わねばならないような。そんな気持ちになっていた。


階段《かいだん》を下りると、チーズとコーヒーの匂《にお》いが、入《い》り混《ま》じって広がっている。

アベルがオーブントースターの中をのぞきこんで、熱心に焼け具合を見張《みは》っていた。

マスターは、カウンターの内側でコーヒーを淹《い》れていた。銀色のケトルの、鶴《つる》の首みたいな細い注ぎ口から、布《ぬの》のフィルターにお湯を注いでいる。香《こう》ばしい匂いが漂《ただよ》った。

「ミルク多めの、カフェオレな」と、マスターがあたしを見る。

「普通《ふつう》のコーヒーでいい。ミルクはちょびっと」

「だめだ。子どもがこの時間に普通のコーヒー飲んだら、眠《ねむ》れなくなる」

「子どもじゃねえし」

「こ・ど・も・だ」

あたしは、黙《だま》った。

きっぱりと、子どもだと言われるのは腹《はら》が立つけれど、どこかホッとする気もする。甘《あま》えてていいんだという気がする。

「母ちゃん、どうよ」

コーヒーを淹《い》れながら、マスターがポツンと聞く。

「だめ。全然だめ」

「そっかー」

チン、とオーブントースターから音がした。アベルが嬉々《きき》として、中からピザトーストをとり出して皿に移《うつ》している。

「やけどに気をつけろよ」

コクコクとアベルはうなずくと、三人分のピザトーストをお皿にのせて、カウンターまで慎重《しんちょう》に運んできた。ミルクたっぷりのカフェオレもできあがって、三人で食べ始める。

「アベル、今日も勉強したか」

口から伸《の》びるチーズの糸に、四苦八苦しているアベルに、マスターは声をかけた。

「しかし、いい家庭教師《かていきょうし》が見つかったもんだな。さすが一流の中学から来たやつは、すげーもんだな。このアベルにやる気を起こさせるなんてよー。なんか、無料じゃ悪い気がするな」

「……いいんじゃやね?」

「けどあいつも、これから高校受験とかで忙《いそが》しいだろうに、よく来てくれるもんだな。どうやって頼《たの》んだんだ」

あたしは無言で、ピザトーストにかぶりつく。

あいつを脅《おど》してここに来させていると言ったら、マスターは怒《おこ》るだろうな。

「……山之内も、けっこう楽しんでるよ。アベルになつかれて」

「ほんとかよ」

「うん。さっきも喜んでたよ」

「そっかー。それならいいんだけどな。アベル、よかったなあ。タダで教えてもらえて」

夢中《むちゅう》でピザトーストを食べながら、アベルはまたコクコクうなずいている。

そのアベルの顔を見ながら、イマイチ理解《りかい》できない思いにとらわれた。山之内がここに来ることを……、ここでアベルを教えるのを、楽しんでいるだなんて思わなかった。

あいつに頼《たの》んだのはアベルの学力も心配だったからだけど、いろいろ恵《めぐ》まれてるやつらへの、ちょっとした嫌《いや》がらせのつもりだったんだ。

けれど、さっきの山之内の涙《なみだ》。

――初めて先生なんて呼《よ》んでもらった。ずうっと自分をダメダメだと思ってきたけど、アベルくん、ぼくのことを先生って――

あいつ、自分のことをダメダメだと思ってたんだ。

なんだって持ってるくせに、どうしてダメダメだと思わなきゃならないんだ。

あたしにはわからないなにかを、あいつはあいつで抱《かか》えてるのか?

エリート中学クビになったくらいで、甘《あま》えやがってと思ってた。けれど考えたら、人の不幸レベルはどうやって測《はか》るんだろう。それを測るものさしがあったとして、金持ちの世界と貧乏人《びんぼうにん》の世界とで、そのものさしは変わるんだろうか。

「おい、樹希」

マスターの声に、我《われ》に返る。

「おまえはどうするんだ。高校受験」

「あー」

食べかけのピザトーストを、お皿に置く。やっぱりもう、お腹《なか》いっぱい。

「適当《てきとう》なとこ、行けたら行くし」

「適当ってなんだよ」

マスターが眉毛《まゆげ》を下げて、口元をとがらせる。

「わかってる。いろいろギリギリなんだろうってことは、学のない俺《おれ》にもわかってんだ。俺に手助けできることも、たいしてないってこともな。けど、おまえはバカじゃねえ。根性《こんじょう》もあるってこと、俺は知ってっからさ。なんか歯がゆくてよー」

「そっかー」

ちっちゃな声で言って、カフェオレをひと口飲む。甘《あま》い。

「けどさー。生まれた家によって、できることって決まっちゃうんだよねー。愚痴《ぐち》じゃないよ。それがほんとだもん」

「……子どものくせに、悲しいこと言うなよ」

「まあ、高校は生活保護《せいかつほご》でも行かせてもらえるんだから、それだけで感謝《かんしゃ》しなきゃな。けど、いちばん近い高校でも今より遠くなるから、奈津希《なつき》の送《おく》り迎《むか》えとか世話とか、もっとたいへんになるかもな。ハハはずっとあの調子だしさ」

「状況《じょうきょう》は変わるかもしれない。おまえの母ちゃんも、いつかは少しは働けるようになるかもしれない」

6　羨望〈佐野樹希〉

「いいよ、気ぃつかって、必死に希望を与《あた》えようとしてくれなくたって。なーんかさ、お金持ってても、頭よくても、みんながみんな幸せでもないみたいだし」

さっき部屋を出ていった、山之内の丸まった背中《せなか》を思いうかべる。

「けどよー。おまえ、夢《ゆめ》とかないのかよ。これから大人になっていくっていうのによー。そういうものを追いかける年なのによー」

言いながら、カウンターの後ろの棚《たな》に、立てかけてある写真立てを振《ふ》りかえる。

「ま、俺《おれ》も人のことは言えないけどな。今だけだ、今があるだけだって思ってたしな」

マスターがだいじに飾《かざ》っている写真。

ひとりの男がバイクにまたがっていた。若《わか》き日のマスターだ。

額《ひたい》のサイドをそりあげて、前髪《まえがみ》を椎茸《しいたけ》みたいに盛《も》り上《あ》げた、へんてこなヘアスタイルをしている。けれど、髪の量は今の何十倍もあるようだ。上下がつながった黒いライダーズスーツを着て、サングラスをかけている。

そばには同じような格好《かっこう》をした、男が数人。しゃがみこんで、こちらをにらんでいる。

「マスターが若いころ、ブイブイ言わせてたって話なら、五百回くらい聞いてるから」

「五百回は大げさだろ。人をモウロクじじいみたいに言いやがって……。なーんかさ、ほんとバカなんだけどよ、あのころは毎日『天下とってやるぜ！』みたいな気持ちでいたよ」

「それも何回も聞いた」

「俺《おれ》んちも貧乏《びんぼう》だった。でもあのころは、いつかドカンと一発当ててのしあがってやる、みたいなこと、本気で思える空気があった」

「けどマスター、仕事を何回も替《か》わって奥《おく》さんに逃《に》げられて、ろくでもない人生だって言ってたじゃん」

「……まー、そうなんだけどよー。若《わか》いときくらいは、そういう野心っていうかさー、やったるぜって気持ち、持ってたっていいじゃん。おまえらにだって持たせてやりてーんだよ」

「ダッサ！」

この話はおしまい！　と伝えるために、ガチャッと音を立ててコーヒーカップを受け皿に置いた。昔のことは知らない。マスターが若かったころは、明日が信じられて、貧乏人もやがては金持ちになれると思える世の中だったのかもしれない。

けれど、現実《げんじつ》は今もマスターは金持ちじゃないし、あたしは明日が怖《こわ》い。考えれば考えるほど、どうやってここから抜《ぬ》け出《だ》せばいいのかわかんない。

「昔の話はもういいって。そんな暑苦しいこと言わなくたって、なんとかなるってばー」

ヘラヘラした声を作って、そう答えたところで、入り口のカウベルがカラコロと鳴った。仲よさそうな若いカップルが入ってくる。

「いらっしゃいませ」

マスターが立ち上がる。

あたしは素早《すばや》く、残ったピザトーストとカフェオレの残りをトレイにのせると、アベルを二階へとうながした。

暑苦しいけど、あたしを心配してくれる人。

わかってる。そのやさしさに甘《あま》えられるのはここまでだってこと。

でも今、こんな時間があるおかげで、あたしは少しだけ楽に呼吸《こきゅう》ができている。

――居場所《いばしょ》ですよね、ほんと――

そう言った山之内の声を、ほんのり思いだした。

7 逃避《とうひ》〈山之内和真《やまのうちかずま》〉

「カフェ・居場所《いばしょ》」を出て、電車の駅まで歩く。

胸《むね》がつまるような気持ちで、さっきの佐野《さの》さんの言葉を思いだしていた。

なんてことだ。

病気の母と小さな妹を、ひとりで背負《せお》い続《つづ》けているなんて負担《ふたん》が大きすぎる。まだ、中三なのに……。そのうえ進路も制限《せいげん》され、貯金すら認《みと》められないだなんて、あまりといえばあんまりなのではないだろうか。

頼《たの》みの綱《つな》の「生活保護《せいかつほご》」という制度は、聞いていると理不尽《りふじん》なことだらけで、暗澹《あんたん》たる思いにとらわれた。

蒼洋中学《そうようちゅうがく》入学後に、母さんが愚痴《ぐち》っていたのを思いだす。同じクラスになった生徒の親たちが、集まって懇親会《こんしんかい》をすることになったのだ。人気のレストランを、貸《か》し切《き》りにしたらしい。

「ランチなのに、会費が五千五百円って高いわよね。それも飲み物代は別なのよ。二次会まで行ったら、結局八千円以上かかっちゃった」

けれどもブツブツ言いながら、母さんはそのお金を払《はら》うことができた。

そこに参加した親たちの全員が、その金額《きんがく》を支払《しはら》った。

みんながみんな、楽々とそのお金を払ったわけではないだろうが、高い入学金や授業料《じゅぎょうりょう》を納《おさ》めたあとにも、ランチ一回にそれだけ払える余裕《よゆう》がある人が多い、ということだろうか。

漏《も》れ聞《き》こえてくる、同級生たちの家庭の話。

小学校のときに特別視《とくべつし》されたが、医者の息子《むすこ》なんてゾロゾロいた。

この前、道で会った桜田《さくらだ》くんの父親は、日本を代表する商社の部長だった。

隣《となり》のクラスの今井《いまい》くんの祖父《そふ》は、参議院の重鎮《じゅうちん》だというし、「ぼくんちはひとり親で」という楠原《くすはら》くんのお母さんは、テレビでCMをしているエステティックチェーンの経営者《けいえいしゃ》だった。

もちろん、普通《ふつう》の家の子もたくさんいる。けれど「金持ち多すぎ」とひがんでみせていた幾人《いくにん》かの同級生も、なんだかんだ言いながら、家族で温泉旅行《おんせんりょこう》をするくらいのレジャーは楽しんでいるのだった。

——人間は平等ではなかったのか——

電車に揺《ゆ》られながら、そんな思いが胸《むね》にわきあがる。

少なくともぼくたちは、学校でそう習ってきた。誰《だれ》にでも同様にチャンスはある。努力はむくわれ、がんばれば夢《ゆめ》がかなう。

今、不幸であるならば、それはその人の努力が足りないせいなのだ。

そう、うちの父さんなら言うだろう。

全身全霊《ぜんしんぜんれい》、努力したものが勝ち組となり、そうでないものは負け組となる。ほんとうにそうなのだろうか？　佐野さんが「生活保護《せいかつほご》受けてるやつは、生活保護Tシャツ着ろ」と言われた話を、痛《いた》ましく思いだした。

彼女《かのじょ》の唯一《ゆいいつ》の味方であるはずの制度《せいど》も、なぜか機能《きのう》していない気がする。

「あたしなりに夢はあった」

そう、佐野さんは言っていたように思う。

しかし進学に制限《せいげん》がかかっているから、あきらめたということだろうか。

進路を自由に選べない。貯金すら、認《みと》められない。

それなのに、「得してるくせに隠《かく》してんのはずるい」というバッシング。佐野さんはいったい、なんの得をしているというのだろうか。

家に帰るとダイニングのテーブルで、母さんと穂波《はなみ》がご飯を食べていた。

「おかえり。勉強、ごくろうさま。疲《つか》れたでしょ？」

母さんが、自分もちょっと疲《つか》れた顔でエプロンをかけなおした。

「今、あっためなおすわね」

ガスレンジに向かうと、木べらを片手《かたて》にポッと火をつける。ぼくの好きな、鶏《とり》の手羽元を甘辛《あまから》く煮《に》たものだ。ニンニクと生姜《しょうが》が混《ま》ざった、よい匂《にお》いが漂《ただよ》った。さらに、レンコンとニンジンをゴマ風味のきんぴらにしたもの。中華風《ちゅうかふう》のトマトと卵《たまご》のスープ。

母さんは作ったものを温めなおすときに、電子レンジは使わない。家族が帰ってくると、そのつどエプロンをかけ、火を入れて温めなおして、それぞれのお皿に盛《も》りつける。冷蔵庫《れいぞうこ》の中から、キュウリを甘酢《あまず》につけたものと、冷ややっこをとり出した。炊飯器《すいはんき》を開けて、ぼくの茶碗《ちゃわん》にご飯をよそっている。

母さんはこうやって、毎日毎日何品もおかずを作る。

「チン、ってすれば楽なのに」

椅子《いす》に座《すわ》りながらそう言うと、

「だめよ。お父さんはそういうの嫌《きら》いだから」

エプロンをはずして、自分もテーブルにもどりながら母さんは答えた。

父さんは、電子レンジでチンというのを嫌《いや》がる。

「ラップをかけた皿ごとチンなんて、手抜《てぬ》きで餌《えさ》を出されている気がする」のだそうだ。

「医者が病気になるのはシャレにならない」という理由で、毎日三十品目を摂取《せっしゅ》することを実行している。もっとも、その三十品目を調理するのは母さんなのだが。

「穂波、トマトを残さない」

ぼくのを温めているあいだに冷《さ》めてしまった、自分のスープをひと口飲んで、母さんが穂波に声をかける。

「やだ。ウニュウニュして気持ち悪いもん」

「好《す》き嫌《きら》いをなおさないと、またおばあちゃまに怒《おこ》られるわよ」

「いいよ。怒られたって」

「穂波が怒られるってことは、お母さんもあとで嫌《いや》みを言われるんだから」

母さんが、わずかに声を荒《あら》らげた。穂波は口をへの字にしてスプーンでトマトをつついていたが、しかたなさそうにすくって口に入れ、水でがぶっと飲みくだした。

「あー、まずいっ。ごちそうさま！」

立ち上がってリビングのほうに行くと、テレビのバラエティー番組を見始める。母さんがため息をついて、自分のキュウリを箸《はし》でつまんだ。

テーブルの端《はし》っこに、ちょこっと花なんか飾《かざ》ってあって、たくさんのおかずが並《なら》んでいて。でもどこか、ギスギスしているぼくの家。疲《つか》れたような顔をしている母さんと、いつも不機嫌《ふきげん》そうな妹と、尊大《そんだい》に自分の考えを通す父さん。そして蒼洋中学から落ちこぼれたぼく。

けれど、これでもぼくは、きっといろんなものを持っているのだろう。

道半ばですっ転んで、靴《くつ》は脱《ぬ》げ、膝《ひざ》をすりむいてはいるが。

「和真、図書館で勉強、はかどる？」

ぼくの食欲《しょくよく》を好もしそうに見守りながら、母さんが聞いてくる。

「うん」

鶏肉《とりにく》を噛《か》みながら、簡潔《かんけつ》に答える。

「新しい中学校にはもう慣《な》れた？　嫌《いや》な思いとかしてない？」

「うん」

「ほんとにもう、和真っていつも、愛想《あいそ》のない返事ばっかり」

母さんを前にすると、たいていこんな会話になってしまう。ほんとうに、どう会話していいのかわからないのだ。「居場所」に行っていることを隠《かく》している今は、心が痛《いた》くてなおさらだ。

でもぼくは、母さんのことが嫌《きら》いじゃないし、それどころか守りたいとさえ思っている。

蒼洋中学に合格《ごうかく》した日、母さんはうれし涙《なみだ》を流していた。けれどクビになったとき、決してぼくを責《せ》めず、それどころか必死にかばってくれた。

もし母さんがいなければ、ぼくは今ごろ近所の公立中に行かせられ、好奇《こうき》の視線《しせん》にさらされていたことだろう。居心地《いごこち》のよくないこの家で、母さんだけがぼくのよりどころであるかもしれない。

ただ、それを言葉にして伝えることは、難《むずか》しすぎるし恥《は》ずかしすぎる。言葉にせずとも、きっとわかってくれているはずだと信じたい。

「ごちそうさま」

箸《はし》を置くと、早々に自分の部屋にひっこむ。ふと思い立って、自分のノートパソコンを立ち上げる。父さんのお古をもらったものだ。

検索《けんさく》エンジンに「生活保護《せいかつほご》」と入れてエンターキーを押《お》す。

ウエブサイトがヒットし、記事が表示《ひょうじ》される。いちばん上に出てきたのは、厚生労働省《こうせいろうどうしょう》のサイトだった。クリックすると、こんな文章が目に飛びこんできた。

「資産《しさん》や能力《のうりょく》等すべてを活用してもなお生活に困窮《こんきゅう》する方に対し、困窮の程度《ていど》に応《おう》じて必要な保護を行い、健康で文化的な最低限度《さいていげんど》の生活を保障《ほしょう》し、その自立を助長する制度《せいど》です」

難しく、固い文章だ。最低限度の生活って、どの程度のことを指すのだろうか。

その下にもずらずらと説明文が並《なら》んでいたが、パッと見てパッと頭に入る内容《ないよう》ではなかったので、ぼくはパソコンから目をそらせた。

　学校の勉強は、はっきり言って知っていることだらけだけれど、塾《じゅく》の宿題はアベルくんの家庭《かてい》教師《きょうし》のために遅《おく》れている。早く勉強にとりかからねばならない。


　あれから、ふた月。

　六月も半ばになり、じとじとと湿《しめ》った雨の季節になった。

　ぼくはあいかわらず、週に三日塾に通い、週に二日「カフェ・居場所」に通っている。

　学校での成績《せいせき》は体育以外問題ないが、「ぶっちぎりでトップ」でないことが、父さんもおばあちゃんも不満なようだった。蒼洋中学で高校レベルの授業《じゅぎょう》ばかり聞いていたものだから、思わぬところで基礎《きそ》が抜《ぬ》けていたりする。

　ましてや塾の成績は、難関高校《なんかんこうこう》の偏差値《へんさち》にまだまだ足りず、父さんはあからさまに不機嫌《ふきげん》そうにしている。

「努力が足りないんじゃないか？　もっとがんばんなさい。努力は人を裏切《うらぎ》らないからな」

　中学受験のときに言っていたようなセリフを、また繰《く》り返《かえ》すようになった。

　小学校のときは、その言葉に発奮《はっぷん》して、鼻血を出しながらも勉強したものだ。けれど中三になったぼくは、どうしてもその言葉をすんなり受け入れることができない。

個人《こじん》の才能《さいのう》にせよ、世の中のしくみにせよ、努力と結果が単純《たんじゅん》に比例《ひれい》してくれないから、人は苦しいのではないだろうか。

幼《おさな》かったころ、ぼくは父さんを恐《おそ》れながらも尊敬《そんけい》していた。立派《りっぱ》な職業《しょくぎょう》についていて、なんでも知っていて、頭がよい人だと思っていた。しかし、ほんとうにそうなのだろうか？　ほんとうに頭がよければ、もう少し他人の気持ちについて、想像力《そうぞうりょく》が働いてもよいのではないか。

父さんへのモヤモヤとした気持ちとは裏腹《うらはら》に、「カフェ・居場所」はあいかわらず居心地《いごこち》がよい。当初の佐野さんの「恐喝《きょうかつ》」はほぼ忘《わす》れ、当たり前のようにここに来ている。

アベルくんに勉強を教え、マスターの持ってきてくれるおやつなど食べ、畳《たたみ》の上にあおむけに寝《ね》っ転《ころ》がってぼうっと天井《てんじょう》を見ていると、毎回心がフワフワと柔《やわ》らかくなるのだった。

蒼洋中学をクビになり、今も父の求める偏差値《へんさち》に足りないぼく。

学校では、ぼくの過去《かこ》こそバレていないが、いまだ友人のひとりもできていない。過去を知られたくない、ぼくのかたくなさもあるだろうが、あいかわらず、さわやかに人とコミュニケーションするのが苦手なのだった。

城田《しろた》エマさんだけが「山之内くんのしゃべり方って、おじさんぽくて、おもしろーい」と言ってくれたが、あれから「デートしよう」とは、もうひとことも言ってくれないのだった。

どこにいても居心地の悪さにさいなまれるぼく。けれども、ここは違《ちが》う。

「おぅ、先生のお出ましだ」

マスターもぼくを、そう呼《よ》ぶようになった。うんと年下のぼくを「先生」と呼ぶとき、彼《かれ》は皮肉っぽい、冷やかすような表情《ひょうじょう》と声になる。ムッとしたりもしたけれど、近ごろはわかるようになった。

この人は、ときどき照れるのだ。迷惑《めいわく》がりながら、「来るガキ」の世話を焼いてしまう自分に、照れているときがある。そのくせ働《はたら》き蟻《あり》のように、せっせと二階におやつを運んでくる。まったく論理的《ろんりてき》ではないが、どことなく可愛《かわい》い。

こういう大人は、今までぼくの周りにはいなかった。

佐野さんはあいかわらず、険《けん》のある物言いばかりするが、ぼくのことを「おぼっちゃま」とは言わなくなった。そうしていつも夜になるとやってきて、マスターを手伝いながら入れてくれた飲み物を、二階に運んできたりするのだった。

「食い物は食えなくても、飲み物くらい飲めるだろ!」

アベルくんも休まずやってきて、ぼくを見るとうれしそうに白い歯を見せてくれる。

けれど、勉強のほうは順調とはいえなかった。

当初の必死さは消え、集中力が回を重ねるごとに、途切《とぎ》れがちになっている。

割《わ》り算《ざん》を理解《りかい》し、分数の計算ができるようになっても、やることはまだまだたくさんあった。

面積の計算、比例《ひれい》や割合《わりあい》、立体の体積……。

小学校でマスターすべきことを、アベルくんはすべて積み残している。この積み残しを全部頭に入れなければ、中学の数学教科書を開いたところでチンプンカンプンである。算数だけで手いっぱいだが、そのほかの科目だってあるのである。英語なんか、どうなっているのか。

それを追及《ついきゅう》するのさえ恐《おそ》ろしい。

道のりのあまりの遠さに、ぼくはあせり、同じように基礎《きそ》を積み残している自分のことも頭をよぎって暗くなり、ついつい追い立てるように教えてしまうことがあった。

「アベルくん、聞いてる？」

今日もシャープペンシルを握《にぎ》ったまま、ぼうっと宙《ちゅう》を見つめているアベルくんに、ぼくは声を大きくする。

「ほら、ここを見て。このおうぎ形の中心角は九十度だ。円の直径は六センチだからまずは、この円の面積を出していこう。さあ、計算してみて」

アベルくんは座布団《ざぶとん》から立ち上がると、ハーフパンツの前を押《お》さえた。

「……また、トイレなの？」

コクコクとうなずくと、ふすまを開けて階段《かいだん》を下りていく。

ぼくは、イライラと彼《かれ》の用がすむのを待った。今日はもう来てから一時間以上もたつのに、まだ簡単なおうぎ形の面積にもたどり着けない。なぜなら、円の面積の出し方を忘れていたからだ。

そこから説明し、いくつか演習《えんしゅう》をさせ、花まるをつけてやっているあいだに時間はどんどんたっていった。彼《かれ》はその間に、二回もトイレに行った。

回を追うごとに、アベルくんにはぼくに対する、「甘《あま》え」が出てきているような気がする。最初に喜んでくれた、花まるの効果《こうか》も薄《うす》れつつあるようだ。どうしたものだろうか……。

アベルくんがもどってきた。いやいや、という顔で、ちゃぶ台の前に座《すわ》る。

「この円の面積だよ。さあ、式を立ててみよう」

座ったとたんに早口で指示《しじ》を出すと、アベルくんは例の蟻《あり》のような小さな字で、ノロノロとノートに書いた。

6×6×3・14＝

「違《ちが》うよね！」

とうとう苛立《いらだ》った声を出してしまった。

「円の面積は、半径×半径×3・14。6っていうのは直径だよね。半径だから、その半分の3だよね。さっき何度もまちがえて、何度も説明したよね。聞いていなかったのかな」

アベルくんがスーッと立ち上がった。ふてくされたような顔で、ぼくをにらみつけている。いきなりふすまを開けると、バタバタと階段《かいだん》を駆《か》けおりていった。

まさか、またトイレ？

しかし、カラカラコロコロと入り口のカウベルが鳴る音がした。

「おい、アベル？　どこ行くんだよ」

マスターの声がする。

ぼくもあわてて、一階へと駆けおりた。

「おお、どうしたんだ。勉強、もう終わったのか？」

「違《ちが》います」

階段下の棚《たな》から靴《くつ》をとり、大急ぎで足にひっかける。

「脱走《だっそう》です」

「脱走？」

すっとんきょうなマスターの声を聞きながら、扉《とびら》を開けて道に走り出た。


失敗だ。

店の外に飛び出して、アベルくんの姿《すがた》を捜《さが》しながら、自分の頭をゴンゴンと殴《なぐ》りたいような気持ちにかられた。

急《せ》き立《た》てるように教えてしまった。

わからないことを、責《せ》めるような言葉を言ってしまった。

路地から大通りに出て、息を切らしながら、彼《かれ》の大きな背中《せなか》を捜《さが》すが見当たらない。

いったいどこに行ってしまったんだろう。家に帰ってしまったんだろうか？

しかし、ぼくはアベルくんの家すら知らない。ポケットから、旧型《きゅうがた》の携帯《けいたい》がのぞいているのを見たことがあるが、その番号もメールアドレスも知らない。

もしもこのまま、行方不明《ゆくえふめい》になってしまったら……？

「あのう……、大きな体をした、色の黒い少年、見かけませんでしたか？」

知らない人に自分から話しかけるのは苦手だ。けれどぼくは苦手を忘《わす》れて、道端《みちばた》でアクセサリーを売っているおじさんや、ティッシュを配っているお姉さんに声をかけた。

五人目に声をかけたタバコ店のお婆《ばあ》さんが、「ああ」とうなずいてくれた。

「見た見た。その子ならね、あそこのスーパーの建物に入っていったよ。すごい速足で、泣きそうな顔をしてたから、どうしたのかと思ってねえ」

「ありがとうございます！」

ぼくはその建物に向かって走り出した。大きめのスーパーのビルだ。一階が食料品、二階が衣料品や日用品、三階が家電と百円ショップになっている。アベルくんは、どこにいるんだ。

とりあえず一階の食品売り場に入ってみる。アベルくんが行きそうな場所はどこだろう。買い物中の、おばさんたちのカートをよけながら捜《さが》しまわる。

「あ」

いた。アベルくんがいた。鮮魚《せんぎょ》売り場にたたずんでいた。

切り身になってパックづめされたものもあるが、ここのスーパーは昔の魚屋さんみたいに、一匹《ぴき》丸ごとの魚も台にのせて売っているようだ。

アベルくんはその売り場にたたずんで、海から引きあげられたままの姿《すがた》の魚たちを、じいっと見ているのだった。

声をかけようとして、ためらった。なんと声をかけたらよいのだろう。

アベルくんの悲しそうな、しょんぼりとした横顔。

その目線の先には、大小の動かない魚たち。もう二度と、泳ぐこともなくなった魚たち。

ぼくはふと、蒼洋中学のエントランスに飾《かざ》ってあった、書の言葉を思い起こした。

海　闊《ひろ》くして魚の躍《おど》るに従《したが》い

天　空《くう》にして鳥の飛ぶに任《まか》す

7　逃避〈山之内和真〉

広い海を自由に泳ぐ魚。空を自在《じざい》に飛んでいく鳥。

この前会った、桜田くんの澄《す》んだ瞳《ひとみ》を思いだす。

彼《かれ》はキラキラと身をくねらせながら、光が射《さ》しこむ海中を泳ぎ、蒼《あお》い空に吹《ふ》きわたる風に乗って、どこまでも高く飛べる人なのだった。

そうして今、鮮魚《せんぎょ》売り場に横たわる魚たちと、肩《かた》を落としてそれを見つめるアベルくんの心中を思う。

アベルくんは、泳げない魚で、飛べない鳥なのだろうか？

アベルくんの生活を、今までを、ぼくはくわしく知らない。けれど、こんなに勉強が遅《おく》れてしまった原因《げんいん》は、頭脳《ずのう》よりほかにも問題があったのではないだろうか。嵐《あらし》が吹《ふ》き荒《あ》れる中、物陰《ものかげ》でじいっとしているうちに、泳ぎ方も飛び方も忘《わす》れてしまったとしたら？

そんな彼に、ぼくは声を荒《あら》らげて、どうしてできないのかと問いつめたのだ。

「アベルくん！」

思わず声を出して彼を呼《よ》んだ。

謝《あやま》りたかった。きみは悪くない。悪いのは、苛立《いらだ》ってしまったぼくなのだと伝えたかった。

アベルくんは、ギョッとしたようにこっちを見た。

そうしてぼくを認《みと》めると、しまったという顔になって、身をひるがえして逃《に》げようとした。

そのときだ。

「いった――っ」

売り場に、男のだみ声が響《ひび》き渡《わた》った。

「きみか？　オレの足、踏《ふ》んだのは！」

中年になる、一歩手前くらいの男だった。襟《えり》がヨレヨレとしたブルーのシャツに、やはりヨレヨレとした黒っぽいズボンをはいている。無精《ぶしょう》ひげが、あごのへんに伸《の》びていた。ぼくから逃《に》げようとして、アベルくんはこの人の足を踏んでしまったのだ。

「人の足踏んどいて、挨拶《あいさつ》もないってどういうこと？　家でどういう教育、受けてんの？」

立ちすくんでいるアベルくんに、その男は大げさに足を引きずりながら近より、つり上がった細い目でにらみつけた。アベルくんは顔を引きつらせ、オドオドとうつむいている。

ぼくは、あわてた。アベルくんが声を出せないということを、この人は知らない。

「すみません」

駆《か》けよって、代わりに謝《あやま》った。

「きみ、誰《だれ》？　こいつの友だち？　なんだ、中坊《ちゅうぼう》かよ」

ぼくが着ている制服《せいふく》を、上から下へとねめまわす。

「はい」

「きみに謝《あやま》られてもね。こっちの子に、謝ってってオレは言ってるんだよ」

「それがあのう、この人はしゃべれないもので。ぼくが代わりに」

その言葉は、誤解《ごかい》を招《まね》いた。

「ふーん。日本語しゃべれないんだ」

男の顔は、さらに不快《ふかい》そうになる。そして、そのとき初めて、ぼくは男から酒の匂《にお》いがプンプンすることに気がついた。この人は酔《よ》っている。

「ここは日本だから。外国人でも日本語しゃべれよ。日本、なめてんのか」

「いえ、ですから、そうじゃなくて」

「でっかい体してるからって、えらそーにしてんじゃないぞ。オレだって、京政大学《けいせいだいがく》では柔道部《じゅうどうぶ》だった」

男は、誰《だれ》でも知っている名門大学の名前をあげた。ぼくは一瞬《いっしゅん》ひるんだ。高学歴な人に対すると、反射的《はんしゃてき》に「まともな人ではないか」と思ってしまう癖《くせ》がぼくにはある。

そして京政大出身の、たぶん知能《ちのう》レベルも高そうな大人と、口論《こうろん》になることをぼくは恐《おそ》れた。ややこしいことに巻《ま》きこまれたくない。そんな保身《ほしん》の気持ちも働いて、腰《こし》が引けた。

「とにかく、オレの足《あし》踏《ふ》んだこと謝れ。自分の国の言葉でいいから」

逃《に》げ腰《ごし》になっているぼくと、体格《たいかく》とはまったく違《ちが》うアベルくんのおとなしさを、男は感じとったのだろう。かさにかかったように言い立てると、いきなり手を伸《の》ばして、アベルくんの襟元《えりもと》をがしっとつかんだ。

「どこの国の人間だ、おまえ。ははっ、まさかテロリストじゃないだろうな」

そのときだった。

「ぅおぁぁぁぁぁぁぁぁぁー」

アベルくんの口から、聞いたこともない、獣《けもの》のような音が発せられた。

「ぅおぁぁぁ、ぅおぁぁぁぁぁぁぁ――――!」

なにかに憑《と》りつかれたような、おびえ方だった。襟をつかんでいる男の腕《うで》を、もぎとるようにして突《つ》き飛《と》ばす。体格《たいかく》のいいアベルくんに突き飛ばされ、男は吹《ふ》っ飛《と》び、後ろの調味料の棚《たな》に背《せ》中《なか》をぶっつけた。醤油《しょうゆ》やみりんのペットボトルなんかが、バラバラと陳列棚《ちんれつだな》から落ちてくる。

ガッチャーン!

一部のガラスビンが割《わ》れて床《ゆか》に散らばり、酢《す》の匂《にお》いが立ちこめた。

「きゃあああっ!」

買い物客から悲鳴があがり、みな現場《げんば》から飛び下がる。男は商品に埋《う》もれるように座《すわ》りこみ、うめき声をあげていた。深緑色のエプロンをつけた、女性《じょせい》店員たちが駆《か》けつけてくる。

「お客さまっ」

めちゃくちゃになった売り場を見て、あぜんとしている。

「なにがあったんですか？　おけがは……？」

「……こいつがオレを突《つ》き飛《と》ばして……」

アベルくんを指さしながら、男は立ち上がった。顔をしかめている。指先からポタッと、赤いものが床《ゆか》に落ちた。割《わ》れたビンで切ってしまったのだろうか？

その手を、もう片方《かたほう》の手で押《お》さえつつ、男は憎々《にくにく》しげにアベルくんをにらんだ。

「警察《けいさつ》、呼《よ》んでくれ。こいつにけがをさせられた。傷害罪《しょうがいざい》で訴《うった》えてやる」

アベルくんは、しゃがみこんでいた。冬山で遭難《そうなん》した人のように、両腕《りょううで》で自分の体を抱《かか》え、ブルブルと小刻《こきざ》みに震《ふる》えていた。

ぼくは声も出なかった。頭の中は真っ白だった。

アベルくんの、この異常《いじょう》なまでのパニック状態《じょうたい》はなんなのだ。

しかし、手を出したのは向こうが先とはいえ、けがをさせてしまったのは事実だ。

どうしよう。どうしたらいい？

ぼくは口をパクパクさせたまま、ただ突っ立っているだけだった。

8　共鳴〈佐野《さの》樹希《いつき》〉

保育園《ほいくえん》から奈津希《なつき》を連れ帰り、いつものようにスーパーに寄《よ》る。

夕ご飯、なんにしよっか。

いつもギリギリの家計だけど、今月はさらに節約しなければ。

長年使っていた冷蔵庫《れいぞうこ》と、電子レンジがほぼ同時に壊《こわ》れて、買いかえなくちゃいけなくなったからだ。どうしたらいいか必死に考えて、リサイクルショップで中古を買った。けど、いちばん安いやつは売れてしまったところで、けっこうなお金がかかってしまった。

生活保護《せいかつほご》を受けているからといって、壊れた電化製品《でんかせいひん》のお金までくれるわけじゃない。もらっている保護費とか、緊急《きんきゅう》のときのために置いてあるわずかなお金の中から、なんとかひねり出すしかない。

お菓子《かし》売り場のところで、もの欲《ほ》しそうに立ち止まっている奈津希を無視《むし》して、お買い得野菜のワゴンに向かう。しなびかけている青菜とかが、値下《ねさ》げされているんだ。

「ぅおぁぁぁぁぁぁぁぁぁー」

そのとき魚売り場のほうから、獣《けもの》みたいな叫《さけ》び声《ごえ》がした。

ガッチャーン!

なにかが割《わ》れるような音も、響《ひび》いている。なんだか聞きとれないけど、男の怒鳴《どな》り声《ごえ》と、店員の声も聞こえてくる。穏《おだ》やかだった店の中に、サーッと緊張《きんちょう》が走った。

「奈津希!」

まずは奈津希を守ろうとして、名前を呼《よ》んで気がついた。そばにいない。それどころか、人が集まっているほうに、好奇心《こうきしん》いっぱいにチョコチョコと近よっていっている。

「奈津希、もどっといで!」

追いついて腕《うで》をつかんだとき、目の前に広がっている光景に驚《おどろ》いた。

ペットボトルやビンが散乱《さんらん》した売り場。店員になだめられつつ、怒鳴り散らしている男。

その指さす先には、しゃがみこんでいる少年と、青い顔で立ちつくす眼鏡《めがね》の男子。

「……アベル?　山之内《やまのうち》?」

思わず走りよった。

「あんたたち、なにやってんだよ。なにが起こったんだよ?」

「この黒人の兄ちゃんが、オレに暴力《ぼうりょく》をふるいやがった」

目をつり上げた男が、血が少しついたハンドタオルを振《ふ》りまわしながら、あたしをにらんだ。

「おまえもこいつらの仲間か？　おかげでオレはけがをさせられたんだ。こんな凶暴《きょうぼう》なやつを、野放しにしておいていいのかよ」

「は？」

凶暴？　アベルが？

そんなわけない。そんなはずがない。

今だって、こんなに震《ふる》えてしゃがみこんでるじゃないか。

「ありえねーよ、そんなこと。こいつは、そんなことできるやつじゃない。山之内、あんた、見てたんでしょ？　ねえ、なにがどうなってんのか説明しなよ！」

「……こ、ここ、この人が……」

真っ青な顔で山之内が、蚊《か》の鳴くような声を出した。

「いきなり……アベルくんの襟元《えりもと》を、つかんで……。アベルくんに、足を踏《ふ》まれたって、腹《はら》を立てて……。そしたら、アベルくんがパニックになって、突《つ》き飛《と》ばして……」

「じゃあ、あんたが先に手を出したんじゃん！」

アベルのそばにしゃがんで、大きな背中《せなか》を掌《てのひら》でなでた。ブルブルと震えが手に伝わってくるのを感じながら、男をにらみつける。

「襟《えり》とかつかまれたら誰《だれ》だって突《つ》き飛《と》ばすだろ。そういうのを、なんとか防衛《ぼうえい》っていうんじゃないの？」

「これは正当防衛じゃない。過剰《かじょう》防衛だ。オレは、けがをさせられたんだからな。おい、警察《けいさつ》呼《よ》べ！　早く呼べ！」

「お客さん、わかりました」

人混《ひとご》みをかきわけて、太った女性《じょせい》店員がスマホを片手《かたて》にこっちにやってきた。

あっと思った。その顔に見覚えがあった。例の「生活保護《せいかつほご》体操服事件《たいそうふくじけん》」のきっかけになった、斎藤《さいとう》の母親だ。小学校のとき、参観日で何度か見かけたから覚えてる。

「あたしは、お刺身《さしみ》を出そうとして売り場にいましたから、ぜーんぶ見てました。見たとおり、聞いたとおりに、警察に話しますから」

「やめて……」

思わず、すがるような声が出た。

あたしは状況《じょうきょう》を見てたわけじゃない。アベルがまったく悪くなかったのかどうか、判断《はんだん》がつかない。警察になんか連絡《れんらく》されたら……。アベルはその「過剰防衛」とやらで、牢屋《ろうや》に入れられてしまうんだろうか。

「あなたがね」

斎藤の母親が、太い腕《うで》をまっすぐに突《つ》き出《だ》して、男を指さした。

「この子に、足を踏《ふ》まれたと騒《さわ》ぎました。黙《だま》っているこの子に、日本語しゃべれないのか、なめてんのかと、からみました。えらそーにしててんじゃないぞと、いきなりこの子の襟首《えりくび》をつかみました。そして、『テロリストじゃないだろうな』と言いましたよね」

周りをとり巻《ま》いていた買い物中のおばさんたちが、顔を見あわせてうなずきあっている。

「……オレはそんなこと、言ってない」

「いいえ、言いましたよ。ねえ、みなさん。聞いてましたよね」

おばさんたちが、コクコクとうなずき、眉《まゆ》をひそめて男のほうをにらんだ。

「人の襟首つかんで、テロリスト呼《よ》ばわりってどうなんでしょ。あたしは法律《ほうりつ》とかにくわしくないからねえ。警察《けいさつ》に話して、判断《はんだん》してもらわなくっちゃ」

そのとき野次馬《やじうま》をかきわけて、背《せ》の高い男の人がこちらにやってきた。胸《むね》のネームプレートの「店長」という字が、チラッと見えた。

「お客さん、またあなたですか」

店長は、苦々しげに男を見た。

「今日もお酒飲んでます？　この前も騒がれましたよね。レジで並《なら》んでいるときに、横入りをされたとかおっしゃって。ほんとうに、ほかのお客さんにもご迷惑《めいわく》がかかりますんでねえ」

男は急に気弱な表情《ひょうじょう》になると、「しかし、けがが……」とモゴモゴとつぶやいた。

「ちょっと拝見《はいけん》……。あー、指がちょっと切れたんですね。でももう、血は止まってますし。あとで病院に行かれたらどうですか？　えっ？　治療費《ちりょうひ》は出せませんよ。売り場がこんなになって、こっちこそ大損害《だいそんがい》なんだ。ご不満なら警察《けいさつ》にでもなんでも訴《うった》えてください」

男の顔が赤黒くなった。

「バカにしやがって……。ガキと一緒《いっしょ》になって、オレに恥《はじ》をかかせやがって……」

血走った目であたしたちと、周りの大人たちをにらみつけると、ヨロヨロと歩き出す。

「おだいじに。あ、できればこれからのお買い物は、ほかのお店でお願いいたしますね。お気をつけてお帰りくださいませー」

バカ丁寧《ていねい》な店長の声に送られて、男は逃《に》げるようにスーパーから走り出ていった。

「きみ、だいじょうぶ？　災難《さいなん》だったね」

まだブルブル震《ふる》えていて、しゃがみこんだままのアベルを、店長と斎藤の母親が両わきを支《ささ》えて立ち上がらせた。バックヤードに連れていくと、色がはげたソファーで休ませてくれる。

息を荒《あら》くして硬直《こうちょく》しているアベルに、斎藤の母親が冷たいお茶を出してくれた。

「ほら、これ飲んでごらん。落ち着くから。あんたがたも飲む？」

ペットボトルを片手《かたて》に山之内とあたしを見ると、「あっ」というような顔になった。あたしの顔を見て、誰《だれ》だか思いだしたんだろう。たちまち気まずそうな顔になった。

あの体操服事件《たいそうふくじけん》のことも、きっと知っているに違《ちが》いない。

しばらくの沈黙《ちんもく》のあと、

「しかし、さっきの男はとんでもないね！」

おばさんらしく、素知《そし》らぬ顔を作ってサッと話を変えた。

「あたしは、なにごともね……、なにごとも、筋《すじ》が通らないことは大嫌《だいきら》いなんだ。酔《よ》っぱらって、わけのわからない言いがかりつけてくるなんて、最低だね。それからさ……」

うつろな目をして、出されたお茶にも手を出さないアベルを心配そうに見る。

「この子の親にも連絡《れんらく》したほうがいいよ。なんだか相当、ショックを受けてるみたいじゃないか。ここに迎《むか》えに来させたほうがいい。お兄ちゃん、おうちの電話番号は？」

「こいつは……、アベルは……、声が出せないから。あたしが代わりに」

ハーフパンツのポケットに入れている、アベルの旧型《きゅうがた》の携帯《けいたい》をひっぱり出す。登録されている電話番号を調べると、たった一件《けん》だけ登録されていた。

「おかあさん」と、登録されていた。


一時間後。アベルの母親が、職場《しょくば》からスーパーに駆《か》けつけた。

8　共鳴〈佐野樹希〉

ポロシャツにジャージの下という格好《かっこう》で、白髪《しらが》交じりの髪《かみ》を後ろでひとつに束ね、疲《つか》れた顔をしている。

化粧《けしょう》もあんまりしてなくて、おとなしそうで、アベルよりずうっと体がちっこくて。

でも、目じりが下がったやさしげな瞳《ひとみ》は、アベルに似《に》ていた。

スーパーの店長から事情《じじょう》を説明されて、アベルの母親は何度も何度も頭を下げていた。

「ご迷惑《めいわく》をかけて……、すみません。あのう、私《わたし》がお店に弁償《べんしょう》を」

「いえいえ、息子《むすこ》さんは悪くないですから。弁償だったら、あの男にしてもらいたいですよ」

「ありがとうございます……。すみません。ほんとにすみませんでした」

母親の姿《すがた》を見て、少し顔色がよくなって、お茶をひと口飲んだアベルにちょっと安心する。

「アベル、帰れる？」

声をかけると、アベルの目には色がもどっていて、いつものようにコクッとうなずいた。

アベルと奈津希が、手をつないで前を歩いている。

そのあとから、山之内とあたしと、アベルの母親。

五人で夕暮《ゆうぐ》れの街を歩く。

「みなさんには、いつもお世話になってるんですよね。私、今は介護《かいご》の仕事を始めたところで、夜勤《やきん》も多いものですから、いつもアベルをほったらかしてしまって……。でも、アベルがノートに書いてくれるんです。だから知ってます。樹希さんですよね？　それから……、先生」

アベルの母親があたしに向かって微笑《ほほえ》み、それから山之内に向かって頭を下げた。

「アベルに、勉強を教えてくださっているそうで。ほんとうにありがとうございます」

見つめられて山之内は、恥《は》ずかしそうな、怒《おこ》ったような顔をして地面に目を落とした。

「ぼくは、そんな……。先生だなんて……」

消え入るような声でつぶやいている。

「今日もぼくは、アベルくんに、なんにもしてあげることができなくて……」

そうだった。あたしが来たときアベルはしゃがみこんで震《ふる》えてて、こいつは青い顔して、でくの坊《ぼう》みたいに突《つ》っ立《た》っていたんだった。

それにしてもアベル。どうして、あんなにパニクった？

からまれたことが、よほど怖《こわ》かったんだろうか。けれど、あの酔《よ》っぱらいが店を出ていったあとも、アベルはずうっとブルブルと震えてて……。

「……どうしちゃったんだろ、アベル。いつものアベルじゃないみたい」

「ぼくも、そう思いました」

山之内も、地面に目を落としたまま言う。

「ぼくは、今日アベルくんの声を初めて聞きました」

「あれ、やっぱりアベルの声だったんだ」

「はい。言葉にはなってなかったけれど、アベルくんはあいつに襟元《えりもと》をつかまれたとたん、必死に叫《さけ》び声《ごえ》をあげて暴《あば》れました。普通《ふつう》の様子じゃなかったです」

「……アベルは……あの子は……」

アベルの母親が、ぽつりと言った。下唇《したくちびる》をかみしめている。化粧《けしょう》っけのない唇が、さらに白くなった。

「きっと、父親のことを思いだしたんだと思います。だから暴れたんだと思います」

「父親？　アベルくんの父親ですか？」

山之内が聞きかえしたので、あたしは反射的《はんしゃてき》に山之内を肘《ひじ》で突《つ》っついた。

アベルの母親に気づかれないよう、山之内に目で訴《うった》える。

――黙《だま》っとけ――

なんだか、もうこれ以上、聞いてはいけないような気がしたんだ。

思いだしたくもない過去《かこ》。今もジクジクと膿《う》んでいるような傷跡《きずあと》。

もしもアベルとアベルの母親にそんな傷跡があるのなら、いまさら、ほじくりかえされたくないだろ？　あたしには、わかる気がする。

「いいんです」

母親がつぶやくと、短い爪《つめ》の指先でほつれ毛を耳にかけた。

「いつもお世話になっているおふたりですから……。ご迷惑《めいわく》じゃなかったら、アベルのこと、知っておいてやってください」

あたしと山之内は、顔を見あわせて黙《だま》った。

「アベルの父親は、もう自分の国に帰ってしまいましたけど……」

前を歩いているアベルと奈津希に聞こえないよう、小さな声で話し始める。

「彼《かれ》はナイジェリア出身で、日本のことが大好きでした。この国に憧《あこが》れてやってきて、私《わたし》と知り合ってアベルが生まれたんです。私たちは結《けっ》婚《こん》をして、一緒《いっしょ》に住むようになりました。知り合いに紹介《しょうかい》された工場で、一生懸命《いっしょうけんめい》働いてました。彼はすっかり、日本人になったみたいでした。だけど……」

母親は、過去《かこ》の記憶《きおく》を追うみたいに、空に目を泳がせた。

「日本人って、自分たちと見た目が違《ちが》う人間を、『区別』するんですよね。『差別』っていうより、『区別』です。観光客としてなら、いくらでも親切にしてくれる。けれども仲間として受け入れて、心を通わせてくれるかというと、必ずしもそうではないんですよね。いつまでたっても、やっぱり彼は『ガイジンサン』でした。日本にとても憧れていたぶん、彼はそのことに、とても失望したんです」

アベルの母親は、うつむいて小さなため息をついた。

「職場《しょくば》の人とうまくいかなくて、ミスが多くて給料も減《へ》らされて。イライラして私《わたし》たち家族にひどい言葉を投げつけるようになりました。ときには私に、暴力《ぼうりょく》をふるうこともありました。アベルはそんな父親を、いつも悲しそうにオドオドしながら見ていました」

そばで山之内が、息を呑《の》んだ気配がする。

「この子が四年生になったころです……。工場で人を減らすということになって、彼《かれ》は真っ先に切られました。彼は、いつにも増《ま》して荒《あ》れました。アパートの壁《かべ》を蹴《け》りつけて、穴《あな》をあけました。それをとがめた私に……、ひどい暴力をふるったんです。殺されるかと思いました。止めようとして、むしゃぶりついたアベルの襟元《えりもと》をつかんで、あの子にまで……。ごめんなさい。やっぱりもう思いだしたくないです」

消え入るような声になって、言葉を切る。けれどその小さな声は、あたしの鼓膜《こまく》に突《つ》き刺《さ》さるようだった。

父親から暴力を？

まだ小さい体に、食いこむ拳《こぶし》を思うだけで、ぞっとして体が震《ふる》えそうだった。

「近所の人が警察《けいさつ》を呼《よ》んでくれていなかったら、私もアベルもどうなっていたかわかりません。

事実私《わたし》は、けががひどくて入院しました。私は事情《じじょう》があって、頼《たよ》れる親兄弟もいなくって、そのあいだアベルを施設《しせつ》に預《あず》けたんです。退院《たいいん》して迎《むか》えに行くと、アベルは口をきかなくなっていました」

あたしも山之内も、言葉が出なかった。ただただ苦しい気持ちがこみあげた。

アベル、アベル――。

どんな思いだっただろう。

恐怖《きょうふ》を、不安を、悲しみを、まだ小さかった体の中に閉《と》じこめて。そのとき自分の声まで封《ふう》じこめてしまった。

「今も私、お給料が少なくて。この子に十分なことをしてやれないのが情《なさ》けなくって……」

「そんなことない！」

思わず叫《さけ》んだ。

「ちゃんと働いて、アベルを育ててるよね。生活保護《せいかつほご》とかもらわずに、ちゃんと普通《ふつう》に仕事をしてるよね。それだけでもすごいと思う！」

うちのハハが、この人のようであってくれたらと切なくなる。

「……ありがとう。でも、生活保護なら受けていたことあるのよ」

「え？」

「退院《たいいん》してからも体は思うように動かないし。精神的《せいしんてき》にもなかなか立ちなおれなくて。しばらく休んでたら、勤《つと》めていたパン屋さんクビになっちゃったの。口をきかなくなったアベルも心配で、仕事探《さが》しも思うようにできなくて。貯金はそのうちなくなって、とうとう半年くらい生活保《せいかつほ》護《ご》のお世話になったことありました。あのときは、ほんとうに助かった……」

そうなのか？　少し驚《おどろ》く。この人も、保護を受けてたことがあったなんて。

「今もアベルは声を出しませんけど、こうしてみなさんに親切にしていただいて、きっと幸せだと思います。図体《ずうたい》ばっかり大きくて勉強も遅《おく》れていますけど、どうかどうかアベルのこと、これからもよろしくお願いします」

アベルが振《ふ》りかえった。

奈津希と手をつないで、ほんのり笑顔《えがお》だった。

「ぼくは……」

山之内の声が、途中《とちゅう》でつまった。

「なんにも知らなくて……。そういうこと、なにひとつ想像《そうぞう》つかなくて……。今日もアベルくんが、式を立てられなかったことにイライラして。しかもスーパーでは、あんな男にひとことも言いかえせずに……」

「自分のこと、責《せ》めないでください」

アベルの母親が、山之内の肩《かた》に手を置いて声を大きくした。

「アベルは、先生のことが好きですよ。勉強は嫌《きら》いですけど、でもやらなきゃいけないことはあの子もわかってきてるんです。『きみはバカではありません』って、言ってくれたそうですね。アベルはほんとうに、先生の言葉がうれしかったみたいですよ」

母親の言葉を、アベルは照れくさそうに聞いている。しばらくモジモジしていたけれど、山之内に近よっていくとピョコッと頭を下げた。

今日脱走《だっそう》したことを、謝《あやま》っているみたいだった。

山之内が首を左右に振《ふ》っている。

何度も何度も左右に振って、泣き出しそうな顔をした。

9 落胆《らくたん》〈山之内和真《やまのうちかずま》〉

スーパーでの事件《じけん》があった翌日《よくじつ》。

ぼくは自分の部屋で、ノートパソコンを開いていた。

自己嫌悪《じこけんお》が、寒々と全身を包んでいる。ぼくは自分の家が好きではなかった。父さんやおばあちゃんの嫌《いや》らしさに辟易《へきえき》していた。けれど、いつしか自分もその嫌らしさをそっくり、受《う》け継《つ》ごうとしているのではないだろうか。

権威《けんい》に弱く、ネームバリューで人を判断《はんだん》する。

スーパーで、名門大学卒を名乗る酔《よ》っぱらいに圧倒《あっとう》され、ただ突《つ》っ立《た》っていた自分を思うと、わーっと叫《さけ》びたくなるような衝動《しょうどう》にかられた。

そのうえ、厄介《やっかい》なことに巻《ま》きこまれると保身《ほしん》に走り、安心安全なほうへと風を読み、危険《きけん》に遭《そう》遇《ぐう》すると思考停止状態《しこうていしじょうたい》に陥《おちい》って……。

ぼくは、なんと小さくて、弱っちくて、自分勝手な人間なのだろうか。

（アベルくん、ごめん）

きのうの夜、ベッドであっちに寝返《ねがえ》りこっちに寝返りしながら悶々《もんもん》とした。そうしてふと、佐《さ》野《の》さんの言葉を思いだしたのだった。

ぼくが、生活保護制度《せいかつほごせいど》について「不条理《ふじょうり》だ」と言ったときだ。

佐野さんは「そう思うなら、おまえがなんとかしてくれよ」と言い、ぼくは「一中学生にそんな力はありません」みたいなことを答えたのだった。

たしかに、ぼくに社会を動かす力などない。しかし、貧困《ひんこん》に苦しむ人々を救うための制度を、調べることくらいはできるのではないか。

佐野さんが受けており、アベルくんもかつて受けていたという生活保護制度を――。

画面の検索《けんさく》エンジンに「生活保護」と打ちこむ。前にもこれと同じことをした気がする。

あのときは、わかりにくく固い文章に、すぐに画面を閉《と》じてしまった。けれども今日は本気で調べてみよう。

エンターキーを押《お》す。

生活保護制度、生活保護の基準《きじゅん》と金額《きんがく》、生活保護の受給条件《じゅきゅうじょうけん》、生活保護の引き下げ……。

さまざまな記事があがってきて、少しぼうぜんとする。どこから調べたらよいのだろう。

そうだ。まずは、佐野さんが言っていたことがほんとうかどうか確認《かくにん》したい。

生活保護《せいかつほご》家庭の子どもは、大学に行けないこととか。バイトをしたら、その分、家にもらえるお金を減《へ》らされてしまうこととか。貯金すら認《みと》められていないこととか……。

どんな検索《けんさく》ワードを追加すれば、うまく調べられるだろうか。後ろで部屋の戸が開いたけれど、集中していたぼくは気づかなかった。

「なにを調べてる？」

すぐ背後《はいご》で、父さんの声がするまでは。

その声で、ようやくぼくは、父さんがノートパソコンをのぞきこんでいるのに気がついた。父さんはいつも帰りが遅《おそ》いし、めったにぼくの部屋に入ってくることはないのに。

「生活保護……？　なんだ、これは？」

「そ、それは……」

「学校の、社会の課題かなにかか？　しかし生活保護のことなんかを、学校でやるのか？」

開いているパソコンの画面を指さす。

「これは……、ぼくの個人的興味《こじんてききょうみ》で調べてて……」

「そんなことを、なんでおまえが調べなきゃならないんだ」

「生活保護制度《せいど》って、いろいろ不十分で、理不尽《りふじん》なことがあるって聞いたから……」

「不十分なものか。それどころか与《あた》えすぎだ」

いつもの、バッサリと切《き》り捨《す》てるような言い方をして、父さんは顔をしかめた。

「貧乏《びんぼう》は自己責任《じこせきにん》だろ。今までの努力が足りないから、そんなところまで転落してしまったんだ。そういうやつらを、まっとうに働いているものが納《おさ》めている税金《ぜいきん》で、養っている。そちらのほうが理不尽《りふじん》だ」

「その考えた方は、おか……」

「こんな、受験と関係のないこと調べるなんて、時間の無駄《むだ》だろ！」

おっかぶせるように父さんは怒鳴《どな》って、さらに不機嫌《ふきげん》な表情《ひょうじょう》になった。

「和真、この前の模試《もし》、数学の偏差値《へんさち》いくつだった？」

ぼくは押《お》し黙《だま》る。父さんが求める偏差値には、まったく足りていなかった。

「英語も全然だめじゃないか。高校入試まで、あと何か月だと思ってるんだ。秋までに追いつかないと、確実《かくじつ》にふるい落とされるぞ。とにかく苦手分野を徹底的《てっていてき》にやりこんでつぶしていけ。点のとりこぼしを防《ふせ》げれば、まだ可能性《かのうせい》はある」

そしてマウスをとって、開いていた検索《けんさく》画面を勝手に閉《と》じてしまった。

「さっさと、英語と数学やりなさい」

「でも！」

ぼくは叫《さけ》んだ。

「受験対策《たいさく》だけが勉強なの？　偏差値《へんさち》とか、点数とか、そういうことばっかり考えて、ぼくは勉強すればいいわけ？」

「きれいごとを言えばそうではないだろう。純粋《じゅんすい》な学問研究とは、そんなもんじゃない。だが中学高校レベルの勉強は、所詮《しょせん》学問ではない。現実《げんじつ》には受験が主な目的だ。いいか？　受験は競争だ。勝《か》ち抜《ぬ》き戦《せん》だ。戦略《せんりゃく》を考えるのは当然のことだ。以上、なにか反論《はんろん》はあるか？」

「…………」

「おまえのためなんだ」

言《い》い訳《わけ》するように、父さんはつぶやく。

「自分の息子《むすこ》に、幸せになってほしいと考えてなにが悪い」

「いい学校に行きさえすれば、それで幸せになれるわけ？」

「少なくとも、その確率《かくりつ》が上がる」

「確率……」

ムシャクシャとした気持ちが、堰《せき》を切ったように胸《むね》の奥《おく》からあふれでる。この人の論理は、一見筋《すじ》が通っているようで、実は穴《あな》だらけではないのか？

それに高圧的《こうあつてき》に大声で言い切れば、そうですかと、おとなしくうなずくと思っているのにも耐《た》えがたい。えらそうな目つきも声も、もうつくづく嫌《いや》だ。

「いい学校に行くと、幸せになる確率《かくりつ》が上がる……。へーえ。じゃあ、その幸せってなに？　そこをもっと、はっきりさせてほしいんですけど。それに交通事故《こうつうじこ》にあったり、災害《さいがい》に巻《ま》きこまれたり、病気になったりする確率はどうなんだろう。いい学校に行けば、そういうものはよけて通ってくれるわけ？　父さんは病院で毎日病人を見てるけど、その人たちは、みなさぞかし低学歴な人ばかりなんだろうね」

父さんは一瞬《いっしゅん》、虚《きょ》をつかれたように黙《だま》り、次の瞬間顔を真っ赤にした。

「屁理屈《へりくつ》を言うな！」

吠《ほ》えるように叫《さけ》ぶ。

「子どものくせに……、親から養われている立場のくせに、生意気なことを言うんじゃない」

「たしかに養われてるよね。だって、ぼくは未成年なんだから」

「そのとおりだ。わたしは、一度だっておまえに不自由をさせたことはないぞ。十二分なものを与《あた》えている」

「はあ、そうですか。それはどうも、ありがとうございます」

そう言ったことが、よほど癇《かん》に障《さわ》ったのだろう。父さんはぼくの横《よこ》っ面《つら》を平手で叩《たた》いた。左頰《ひだりほお》に衝撃《しょうげき》が走り、ぼくは座《すわ》っていた椅子《いす》から転がり落ちた。

「和真！」

母さんが部屋に走りこんできた。

転がっているぼくの顔や背中《せなか》をなでさすり、キッと父さんをにらみつける。

「気に入らないこと言われたからって、叩《たた》くなんて……。最低！」

「どいつもこいつも……」

憤怒《ふんぬ》のあまりハアハアと息をつきながら、父さんはぼくを指さした。

「こいつがこんな、屁理屈《へりくつ》を言うようになったのは、おまえがそうやって甘《あま》やかすからだ」

「……屁理屈……。ふーん。屁理屈なんだ」

熱くなった頬《ほお》を押《お》さえながら、父さんを見上げる。胸《むね》はシンと冷えていた。

「きちんと反論《はんろん》できないことには、そう言っておくと便利だよね」

「まだ言うか、和真ぁ！」

「いくらだって言いますよ。ぼくはもう、子どもじゃない」

「こ・ど・も・だ」

自分が子どもみたいに、地団駄《じだんだ》を踏《ふ》まんばかりに、父さんは叫《さけ》んだ。

「それが証拠《しょうこ》に、おまえは生活のいっさいをわたしに頼《たよ》っている。衣食住、塾《じゅく》の費用、それからこのパソコンだって。わたしが、おまえにやったものだろ。返せ」

机《つくえ》の上のノートパソコンを、乱暴《らんぼう》に持ちあげる。電源《でんげん》コードがひっこ抜《ぬ》けた。

「それから、そのスマホも！」

充電器《じゅうでんき》にのせていたスマホも、とりあげられた。

「これは今日で解約《かいやく》だ。契約《けいやく》しているのはわたしだからな。簡単《かんたん》に解約できる」

してやったり、という顔をして、パソコンとスマホを胸《むね》に抱《かか》えこんでいる父さんは、こっけいを通りこしてバカに見えた。そうだ。こういうのをバカっていうんだ。

「どうぞ」と、ぼくは冷笑をした。「ご自由に」

父さんはパソコンとスマホを抱えたまま、憤然《ふんぜん》と部屋を出ていった。母さんが「スマホを解約したら、緊急《きんきゅう》のときに連絡《れんらく》とれなくなるじゃない」とあとを追い、「知るか！」と答える声が遠ざかっていく。

しばらくして、母さんだけが部屋にもどってきた。そうっと部屋のドアを閉《し》めると、ぼくに濡《ぬ》れタオルを差し出す。

「ほっぺた赤くなってる。これで冷やしなさい」

「……ありがとう」

頬《はお》に押《お》しあてると、ひんやりと心地《ここち》よい。

「ふふっ」

母さんは、いきなり楽しげに笑った。

「なに?」

「よく、言ってくれたなーと思って」

「え?」

「お母さんも、同じこと言われてるもん。養われてる立場のくせにとかね……」

母さんの瞳《ひとみ》に一瞬《いっしゅん》、憎《にく》しみの色がよぎった気がした。ギョッとして黙《だま》っていると、サッと表情《ひょうじょう》を変える。

「だから和真がさっき言ってくれて、胸《むね》がスウッとした!」

少女のような笑顔《えがお》にもどったので、ホッとする。ささくれだっていた心が柔《やわ》らかくなる心地《ここち》がする。母さんはやはり、ぼくの母さんだと思った。

「受験勉強以外は時間の無駄《むだ》だって、父さんは本気で思ってるのかな」

「本気だと思うわよ。自分の学歴にすっごい自信持ってるもの。でも、考え方古すぎよね」

肩《かた》をすくめると、パソコンがなくなったぼくの机《つくえ》の上を見る。

「さっき怒鳴《どな》られたよね、なにを調べてたの?」

「……生活保護《せいかつほご》のことを」

「へーえ」

母さんは、感心した、という顔になった。

「そういうことに興味《きょうみ》持ってるんだ。和真は昔から、社会の調べ学習、大好きだったものね」

「受験には、あんまり役立たないけどね」

「いいじゃない。なにかを知りたいっていう気持ちは、大切だと思うな。興味があることは、どんどん調べたらいいと思う。でも、どうして生活保護《せいかつほご》に興味を持ったの？」

「友だちが……」

知らず知らずに、言葉がするっと滑《すべ》り出《で》た。

そして、佐野さんのことを「友だち」と言ってしまったと思い、友だちなのか？　と考え、なんだか照れくさいような、うれしいような気持ちになってドギマギとした。冷やした頬《ほお》の代わりに、耳たぶのへんが熱くなる。

「クラスの女子なんだけど……、生活保護を受けているんだ。話を聞くと、制度《せいど》にいろいろ理不《りふ》尽《じん》なことが多くって。それで調べているんだよ」

それは、いいことだわ。そう、母さんは言ってくれると思っていた。

なのに母さんは黙《だま》りこんだ。

いかにも不安げなまなざしになり、探《さぐ》るようにこちらを見つめている。

「……クラスメイトの、女子？」

「うん。病気のお母さんに代わって、毎日、妹の保育園《ほいくえん》の送《おく》り迎《むか》えまでしてるんだ」

9　落胆〈山之内和真〉

「和真はその子と……」

言いにくそうにしていたが、思い切ったように聞いていた。

「おつきあいをしているの？」

絶句《ぜっく》した。母さんの口から、そのような言葉が出ようとは思いもしなかった。

「まさか！　そんなんじゃないよ！　ありえない」

「そ、そうよね。あー、びっくりした。生活保護《せいかつほご》んちの女の子と、おつきあいしているのかと思ったわ」

その口調、その安堵《あんど》の顔に、心にビシャッと汚物《おぶつ》をぶちまけられたような気持ちになった。

「それ、なに？」

できるだけ冷静な声を出そうとする。けれども、悲しみとも怒《いか》りともつかないものがこみあげてきて、胸《むね》が苦しくなった。

「なにがびっくりなの？　女の子とおつきあいってとこ？　それとも、その子んちが、生活保護ってとこ？」

「どっちもよ。どっちも驚《おどろ》くわよ！」

母さんは、たった今、お化《ば》け屋敷《やしき》から出てきた人のような声をあげた。

「ガールフレンド作るには時期が悪すぎるし。それにお母さん、生活保護家庭の人って、あんまりいいイメージないもの。そりゃあいろんな人がいるから、ひとくくりにはできないけどね。やっぱりうちとは、ちょっと違《ちが》う世界の人だと思うじゃない」

あぜんとした。まさか母さんの口から、こんな言葉を聞こうとは。

父さんからは軽《かろ》んじられ、おばあちゃんからは見くだされてきた母さん。

その母さんなら、弱いものの側に立って、味方になろうとするはずだと思っていたのに。

「……うちとは、ちょっと違う世界の人って、どういう意味？」

ぼくは聞きかえした。

「見くだしているんだ。そういう人たちのこと」

「そんなことない！」

母さんは、あわてたように言葉をつくろってきた。

「むしろ気の毒だと思うし、なんとかならないかと思ってるわよ。ただ、うちの家はあんまり、そういう人とおつきあいがないからびっくりして……」

「もういいよ！」

叫《さけ》んで母さんから目をそらす。両親に対して、こんなに失望する日が来ようとは。

呼吸《こきゅう》を整え、波立つ気持ちをどうにか抑《おさ》えつける。

「……ぼくも、人のことは言えない」

9　落胆〈山之内和真〉

そうだ。少し前までのぼくも、母さんと同じだったんじゃないのか？

「生活レベルが低い人」の世界に、嫌悪《けんお》や恐怖《きょうふ》すら抱《いだ》いていた。

そういう世界とは、一生関わりを持たずに生きていくものだと思っていた。

今の生活が、決して楽しくもうれしくもなく、居場所《いばしょ》すらなくしていたくせに。

なんだかんだ言っても、ここがいちばんよいはずだ、そのはずなんだと自分に言いきかせ、わずかながらの優越感《ゆうえつかん》をかき集めるようにして。

そう、優越感――。プライドというより優越感だ。

他人との比較《ひかく》でのみ得られる、この感情《かんじょう》。

十二歳《さい》の春、塾《じゅく》の仲間たちがぼくに向けた、羨望《せんぼう》のまなざし。

多くの中から、自分が選《えら》び抜《ぬ》かれたという甘美《かんび》な気持ち。

蒼洋中学《そうようちゅうがく》をクビになっても、あのときの気持ちはまだ胸《むね》の奥底《おくそこ》にへばりついたままだ。捨《す》てたほうが楽だとわかっているのに、捨てられない。自分はやはり人より優《すぐ》れている、恵《めぐ》まれていると思っていたい、この厄介《やっかい》な感情。

ぼくも、母さんも。そして父さんも、おばあちゃんも。

自分の中のこの気持ちを、どこかでつっかえ棒《ぼう》にして生きているのかもしれない。

ぼくらは幸せなのだろうか。それとも、哀《あわ》れなのだろうか。

10 探究《たんきゅう》〈山之内和真《やまのうちかずま》〉

学校が終わったあと、ぼくは公衆電話《こうしゅうでんわ》から塾《じゅく》に電話をかけていた。熱を出して、今病院に来ています。塾は休みますという連絡《れんらく》だ。そして、その足で市立図書館のほうへと足を速めた。

ぼくは決意していた。両親への落胆《らくたん》は、ますますその気持ちを強くした。ぼくの心はあなたがたの自由にはならない。あなたがたの嫌《いや》がる生活保護制度《せいかつほごせいど》のことを、意地でも調べてやる。情報《じょうほう》を求めるのに、パソコンやスマホをとりあげられたことは痛《いた》いが、ほかにも方法はあるはずだ。

まもなく図書館に到着《とうちゃく》した。フロアに入り、空いている検索機《けんさくき》で参考になりそうな本を探《さが》す。「生活保護」をキーワードにすると、百以上の本が表示《ひょうじ》された。たくさんありすぎて、どれを選べばいいのかわからない。

迷《まよ》った末、「あのー」と、カウンターの人に声をかけてみた。

「生活保護について調べたいんですけど」

「生活保護のことですね」

無愛想《ぶあいそ》な若《わか》い女性《じょせい》が、手元のパソコンを操作《そうさ》しながら機械的な説明をした。

『生活保護手帳《せいかつほごてちょう》』という本に、くわしく書かれてると思いますけど」

「……じゃあ、それを」

「しばらくお待ちください」

彼女《かのじょ》が奥《おく》の閉架書庫《へいかしょこ》から持ち出してきた本を見て、ぼくは目をむいた。

とても分厚《ぶあつ》い本だ。表紙に「生活保護手帳」という題字が、印刷されている。

ページ数を確認《かくにん》すると九百ページ以上もあって、ずっしりと重い。なにが「手帳」だ。まるっきり辞典ではないか。ひるみながら、しかたなく閲覧机《えつらんづくえ》に運ぶと最初から読み始めた。

なんという、読む気が失《う》せる本だ――。

細かい細かい活字で、びっしりと埋《う》めつくされている。最初のほうは「生活保護法《せいかつほごほう》」という法律《ほうりつ》の条文《じょうぶん》が、ひたすら続いている。

〈生活保護法　第一章　総則《そうそく》（この法律の目的）
第一条　この法律は、日本国憲法《にほんこくけんぽう》第二十五条に規定《きてい》する理念に基《もと》づき、国が生活に困窮《こんきゅう》するすべての国民に対し、その困窮の程度《ていど》に応《おう》じ、必要な保護を行い、その最低限度《さいていげんど》の生活を保障《ほしょう》するとともに、その自立を助長することを目的とする。〉

思いだした。いつか、これと似《に》たような文章をネットで見た。

こんな固い文章が、延々《えんえん》とひたすら続いている。めまいがしそうだ。ぼくが知りたかったのは、「生活保護《せいかつほご》家庭の子どもは、大学に行けないのか」「貯金もダメなのか」などの単純《たんじゅん》なことだ。そういうことは、どこに書いてあるのか。

パラパラと先をめくるが、カチカチの文章で書かれた規則《きそく》や、わかりにくい表ばかり。

〈保護の要否及《ようひおよ》び程度《ていど》は、原則《げんそく》として、当該《とうがい》世帯につき認定《にんてい》した最低生活費と第八によって認定した収入《しゅうにゅう》との対比《たいひ》によって……〉

〈家賃《やちん》、間代《まだい》、地代等については、当該費用が一の表に定める額《がく》を超《こ》えるときは、都道府県または地方自治法若《も》しくは同法第《だい》二百五十二条《じょう》の二十二……〉

理解不能《りかいふのう》とはこのことだ。ぼくは、巻末《かんまつ》の索引《さくいん》から「大学」「貯金」という言葉を探《さが》したが、のっていなかった。つまり、どちらもやはり無理ということなのか？

疲労感《ひろうかん》がどっと押《お》しよせてきた。この本のわかりにくさに、怒《いか》りすらわいてきた。だいたい生活保護を受ける人というのは、教育レベルが高くない場合も多いはずだ。その人たちは、こんなややこしい規則《きそく》が理解《りかい》できるのか？

こんな本は返してしまおうとカウンターに持っていくと、さっきの女性《じょせい》がまた機械的に「図書館カードを出してください」と言う。返却《へんきゃく》にも必要だったかと差し出すと、彼女《かのじょ》はピピッとバーコードリーダーを操作《そうさ》して、「貸出《かしだし》期間は二週間です」と本とカードを返してよこした。

いえ、あの、貸出ではなく返却を……。

言いかけたとき、後ろから来たおばさんが、カウンターに本をどさっと置いたので、ぼくは押《お》しのけられた。しかたなく重たい辞典のような本を抱《かか》えて、閲覧室《えつらんしつ》から出る。途方《とほう》にくれて窓《まど》の外を見ると、線路を挟《はさ》んで向かい側にある建物に気がついた。

三階建てのそのビルは、たしか市役所だ。

市役所――。あそこにはきっと、生活保護に対応《たいおう》している窓口《まどぐち》があるのではないだろうか。そこなら確実《かくじつ》に、制度《せいど》にくわしい人がいるはずである。

市役所の一階には、各部署《かくぶしょ》のありかを示《しめ》す案内板があった。二階にある、生活支援課《せいかつしえんか》という文字が目に入る。生活保護に関するご相談、という説明書きも書いてある。

見つけた。

ここで担当《たんとう》の人に、ほんの少し時間をもらって、教えてもらうことはできないだろうか。それができれば正確《せいかく》な情報《じょうほう》を得られる。よい考えに思えたが、同時に思い切り腰《こし》も引けた。

こちらから積極的に、知らない人に話しかけて教えを乞《こ》うだなんて、勇気がいる。ぼくの性質《せいしつ》には、まったく合わないことだ。やっぱりやめようかという気持ちがわき起こる。

いったいぼくは、どうしてこんなことをしているのだろう。親への意地？

ふいに、古ぼけた和室の光景が目の奥《おく》によみがえった。ぼくが流れ着いたあの「居場所《いばしょ》」。マスターが淹《い》れるコーヒーの香《かお》り。アベルくんの鼻息。佐野《さの》さんとの口喧嘩《くちげんか》。

蒼洋中学《そうようちゅうがく》にいれば、決して会うことのなかった人たち。

理解《りかい》できないことだらけだった。けれど生まれて初めて、ぼくは他人と心をぶつけ合ったり、通わせ合った気がする。あの時間がいつしか心に降《ふ》り積《つ》もり、今背中《せなか》を押《お》してくる。

いちばん話しかけやすそうな女性《じょせい》が座《すわ》っている窓口《まどぐち》に、ぼくはギクシャクと歩《あゆ》み寄《よ》った。

「あのう……」

「はい？」

中年の女性職員《じょせいしょくいん》が、手元の書類を忙《いそが》しくめくりつつ顔を上げた。

「……すみません。ちょっと生活保護《せいかつほご》の制度《せいど》について、質問《しつもん》したいことがあるんですけど」

「質問？　あなたは、保護を受けている世帯の方ですか？」

「いいえ、違《ちが》いますけど……。えーと、あのう……、生活保護を受けている人の話を聞いたんです。そしたら、いろいろ疑問点《ぎもんてん》が出てきたので」

彼女《かのじょ》はけげんそうに、というより不審者《ふしんしゃ》を見るような目になって、ぼくを見返した。

「申《もう》し訳《わけ》ないけど、今、業務中《ぎょうむちゅう》です」

ピシャッと、シャッターを下ろすような口調になる。

「みなさん待っておられますから。二十三番の方、お待たせしました！」

空気読めよ、という顔でぼくから目をそらすと、後方に向かって大声で呼《よ》びかけた。

振《ふ》りかえると、幾人《いくにん》もの人が椅子《いす》に腰《こし》かけている。緊張《きんちょう》のあまり気づかなかったが、みんな順番待ちをしていたのだ。

ひげ面《づら》の男が激《はげ》しく貧乏揺《びんぼうゆ》すりしながら、ぼくをにらみつけている。

ボサボサの白髪頭《しらがあたま》をしたお婆《ばあ》さんが立ち上がり、ヒョコヒョコとこちらに近づいてきた。

「この前も、ダメだって言われたんだけど……。どうか、お願いいたします。もう手持ち金が二千六百円しかなくてねえ」

ぼくは飛び下がって、お婆さんに窓口《まどぐち》を譲《ゆず》った。

窓口の人も順番を待っている人も、一様に疲《つか》れきった顔をしている。かかってくる電話は放置され、着信音が鳴《な》り響《ひび》いている。

「フギャア、フンギャーー」

端《はし》っこのほうで、母親に抱《だ》っこされていた赤ん坊《あかんぼう》が泣き出し、迷惑《めいわく》そうな視線《しせん》が集中した。赤ん坊の泣き声と、放置された電話の音がミックスし、空気はよりいっそう殺伐《さつばつ》としてきた。

「だーかーらー！」

窓口《まどぐち》で話をしていた老人が、ドン、と拳《こぶし》でカウンターを叩《たた》いた。

「おまえじゃ話にならん。おまえ、なんにもわかっとらんじゃないか！」

「お静かに、お願いいたします」

まだ若《わか》い、鼻のわきにほくろがある男性職員《だんせいしょくいん》が、汗《あせ》をかきかき対応《たいおう》している。

「先月うちの婆《ばあ》さんが死んだとき、おまえ、なんて言った？　えっ？　生活保護《せいかつほご》のものは、葬式《そうしき》の香典《こうでん》をもらっちゃいけない。もしもらってしまったら、役所に返せって言ったよな？」

「いえ、それは誤解《ごかい》です！　お香典が収入《しゅうにゅう》に当たるとすると、あとで返してもらう必要があるって言いましたけど……。お調べしたところ、亡《な》くなられたときにいただくお香典は、収入には当たらないんで、そちらのものにしていただいてだいじょうぶで……」

「いまさらなんだよ！　おまえがややこしいこと言うから、近所の人がくれた香典、受けとらずに突《つ》っかえしたんだぞ。あの金があれば、婆さんの枕元《まくらもと》に花のひとつも飾《かざ》ってやれたのに」

老人は悔《くや》しそうに言うと、声をつまらせ、もう一度拳でカウンターを叩いた。

「どうしてくれるんだ。いいかげんなこと言いやがって！　この月給泥棒《げっきゅうどろぼう》が！」

「そ、そのお言葉はあんまりです。ぼくだって、これでも必死に仕事してるんっすよ。定められたものは、みなさんがきちんと受けとれるよう、がんばってるつもりなんですよー。けど、いろんなケースがあって、簡単《かんたん》にはいかなくて……」

「だからそれが、勉強不足だっていうんだよっ！」

さらに大声で怒鳴《どな》り始《はじ》めた老人から目をそらし、ぼくは階段《かいだん》のほうに向かって歩き始めた。

無理だ。なんという場違《ばちが》いなことをしてしまったのだ。保護世帯《ほごせたい》でもなんでもない中学生が、ここでのんきに一般的《いっぱんてき》な質問《しつもん》をするだなんて。

恥《は》じ入《い》って、耳まで熱くなる。逃《に》げるように階段を走りおり、市役所から飛び出した。

連絡橋《れんらくきょう》でつながっている、ショッピングモールへと走りこむ。恥ずかしさはまだ消えず、消え入りたいような気分だ。気持ちを切りかえようと、さっき図書館で借りてしまった本を、胸《むね》の前で開いてみた。小さな活字を目で追いながら、モールの中を歩く。

重い。腕《うで》が疲《つか》れる。そのうえ、おもしろくなさは最強レベルだ。

嫌《いや》がらせかと思うほど、ややこしく意味不明な、規則《きそく》の羅列《られつ》。疑問《ぎもん》を解決《かいけつ》するような箇所《かしょ》は、やはりどこにも見当たらない。空《むな》しさで、心が折れそうになったときだった。

「あー、やっぱり山之内くんだあ」

舌《した》っ足《た》らずなアニメ声が後ろからして、ふわりと甘《あま》い香《かお》りが鼻をくすぐった。

城田《しろた》エマさんだった。いつものピンクの唇《くちびる》をほころばせて、靴屋《くつや》の前に立っている。

三十代くらいの男性《だんせい》と一緒《いっしょ》だった。ほりの深い男前だ。買ってもらったばかりに見えるショップの紙袋《かみぶくろ》をさげ、親しげにその人の腕《うで》をとると、「この人、同じクラスの男子なのー」と話しかけている。なんだかいけないものを見た気がして、反射的《はんしゃてき》に目をそらした。

「やーだ、山之内くん。もしかして誤解《ごかい》してる？　この人、あたしの叔父《おじ》さんだから。ママの弟。もうすぐあたしの誕生日《たんじょうび》だから、今日プレゼントくれたんだよー」

「そ、そうなんだ」

ぼくは、自分の妄想《もうそう》を恥《は》じた。

「きみ、おもしろいもの読んでるね」

城田さんの叔父さんが、興味深《きょうみぶか》そうにのぞきこんできた。

「『生活保護手帳』読みながら歩いてる、中学生って初めて見た。生活保護《せいかつほご》に興味《きょうみ》があるの？」

「いえ、あの……、まあ、そうですね」

「生活保護……」

城田さんがつぶやくと、ぼくのほうに視線《しせん》を向ける。

「ねえ、もしかしてそれ、樹希《いつき》のため？」

「いや、それは……」

「きみ、その本読んでわかる？」と、叔父《おじ》さんが聞いてきた。

「いえ……。まったく」

「そりゃそうだろうな」

ハハハッと、笑われた。

「だってそれ、現場《げんば》のケースワーカーとかが仕事に使う本だもん。たしかに、それは生活保護《せいかつほご》のバイブルだよ。でももっと、わかりやすい本がいいんじゃない？　よければ紹介《しょうかい》するよ」

「叔父さんね、大学の先生をしてるんだよー。えーと、なにを教えてたんだっけ」

城田さんが首をかしげ、

「社会学だよ！　しがない下《した》っ端《ぱ》の、助教《じょきょう》だけどね」

叔父さんが、照れくさそうな顔で答えている。

「教えてください！　お願いします！」

思わず叫《さけ》んで頭を下げると、叔父さんはうなずき、空いているベンチに腰《こし》をかけた。スマホを操作《そうさ》しながら手帳になにやら書きつけると、それをちぎってぼくに差し出す。

生活保護制度《せいど》についての、数冊《すうさつ》の本のタイトルと、著者名《ちょしゃめい》が書かれてあった。

11　希望〈佐野樹希《さのいつき》〉

いつものように、奈津希《なつき》を風呂《ふろ》に入れてやり、アトピーの皮膚《ひふ》に薬を塗《ぬ》ってやる。

赤いプチプチがいっぱいの、奈津希の皮膚。首筋《くびすじ》と肘《ひじ》の内側とお尻《しり》が、特にひどい。

治れ治れ治れ。よくなれよくなれよくなれ。

呪文《じゅもん》を唱《とな》えながら薬を塗ってやって、夕ご飯を食べさせる。

あらかじめ茹《ゆ》でておいたパスタに、レトルトのミートソースをぶっかけたものだ。

もっと体によさそうなものも、食べさせないとダメかな。冷蔵庫《れいぞうこ》を開けると、熟《う》れすぎて値下《ねさ》げされていた、トマトがひとつ残ってた。切り分けてお皿に入れてやる。

奈津希がテレビを見ながらそれをつついているすきに、そっと家を出る。

あたしが子どもでいていい場所。「カフェ・居場所《いばしょ》」へ。

今日は山之内《やまのうち》が、アベルに勉強を教えに来ているはずだ。

「おう、樹希」

店内には誰《だれ》もいなくて、マスターが暇《ひま》そうにコーヒーカップをふいていた。

「今日はこれからサッカー中継《ちゅうけい》があるせいか、客がちっとも入らなくてよー。うちも大型液晶《おおがたえきしょう》入れて、スポーツカフェみたいにするか」

「やめときなよ。お金もないくせに。アベルと山之内は？」

「まだ勉強中なんじゃやね？　アベル、今日は一回しかトイレに入らなかったぜ」

靴《くつ》を脱《ぬ》いで二階に上がると、アベルは寝《ね》っ転《ころ》がって漫画《まんが》を読んでいて、山之内だけがちゃぶ台で本を広げて、熱心に読んでいた。わきにも、何冊《なんさつ》も本が積み重ねてある。

「なんだよ、おまえが勉強してんのかよ。アベルの勉強は？」

「終わりました。三角形や四角形。面積の計算方法を、一から勉強しなおしているところです」

「へーえ」

「しかし、あせらないことにしました。また脱走《だっそう》されると、かないませんから」

漫画を読んでいたアベルが、むくっと起き上がると口をとんがらせた。ちゃぶ台に寄《よ》ってくると、転がっていたシャープペンシルを持って、自分のノートになにか書く。

――もう、だっそうしない――

「ほんとかなあ」

冗談《じょうだん》めかした声で山之内が言って、ふたりはニコニコと顔を見あわせている。

顔だちも、肌《はだ》の色も、体格《たいかく》も、全然違《ちが》うふたりなのに兄弟みたいに見える。

「アベルの勉強終わったのに、おまえ、帰らなくっていいの？」

「……佐野さんを待ってました」

山之内は読んでいた分厚《ぶあつ》い本を閉《と》じて、あたしの前に差し出した。

「……生活保護手帳《せいかつほごてちょう》？　なにこれ？」

めくってみると、細かい字が横書きで、ぎっしり印刷されていてクラクラする。ページ数が異《い》様《よう》に多くて、百科事典みたいだ。こんな本、よく読めるな。

アベルもチラッとのぞきこむと、顔をしかめてすぐに漫画本《まんがぼん》を開いた。

「きみが受けている生活保護制度《せいど》について、書かれた本だよ。前に言ってたよね。生活保護家庭の子どもは、高校を出たら働かないといけないと。バイトをして、貯金をする自由もないと」

そうだった。前に、なにかの怒《いか》りに任《まか》せて、山之内に自分の状況《じょうきょう》を口走ったことがあった。

「まさか……」

あたしは、ちゃぶ台の上に置かれた本と、山之内を交互《こうご》に見つめた。

「そのことを調べたの？　この難《むずか》しそうな本で？」

よく見ると、眼鏡《めがね》の奥《おく》の目が充血《じゅうけつ》してショボショボしてる。寝不足《ねぶそく》？　こんな目になるまで、ずっと本を読んで調べてたのか？

「難《むずか》しすぎて、いまだに読みこなせない」

山之内は恥《は》ずかしそうに、「生活保護手帳」と書かれた表紙に手を置いた。

「でも偶然《ぐうぜん》、城田《しろた》さんの叔父《おじ》さんに会うことができて。彼《かれ》は大学の先生で、社会学が専門《せんもん》なんだ。もっとわかりやすい本を教えてくれて、図書館で借りて全部読んだら、疑問《ぎもん》に思ってたことがだいたいわかってきた」

「エマの叔父さん……？」

聞いたことがある。なにかの先生をしている叔父さんのことを。

「それを話したくて、今まで待ってたんだ。佐野さん、結論《けつろん》から言うと、きみは勘違《かんちが》いをしているよ。きみは進学できる。高校生になったらバイトをして、それを貯金することもできる」

「は？」

あんまり突然《とつぜん》、意外なことを言われて、頭が混乱《こんらん》した。ポカンとしているあたしに、山之内は淡々《たんたん》と説明を始める。

「あのときさみは言ったよね。アルバイトをすると、その分もらえるお金が減《へ》ってしまうと。だから貯金することも不可能《ふかのう》だし、生活保護《せいかつほご》家庭ではそもそも貯金なんて認《みと》められないと」

「……言ったような気がする」

「基本的《きほんてき》にはそのとおりなんだ。けれども、いくつか例外と認められるケースがあるわけで」

「例外……」

「そう。高校生が、自分の将来《しょうらい》のためにアルバイトをしてお金を貯《た》める。それは数年前から、例外として認《みと》められることになったんだ。遊びや、贅沢品《ぜいたくひん》を買うための貯金はダメだけど、進学や就職《しゅうしょく》の準備《じゅんび》のためなら貯金できる。家に支給《しきゅう》されるお金も、減《へ》らされたりしない」

あっけにとられた。ほんとなのか？

そんな「例外」があるなんてこと、一回も聞いてないぞ。

「バイトしたお金、あたしのものになんの？　将来のためなら、貯金していいの？」

「ああ、使い道については細かい規定《きてい》があるけどね。それから生活保護《せいかつほご》家庭の子どもは、進学せずに働かねばならないってことだけど」

山之内は、眼鏡《めがね》をかけなおした。

「それも基本《きほん》は合ってるよ。しかし、これにも裏技《うらわざ》がある」

「裏技……」

「生活保護家庭の一員でいる限《かぎ》り、きみは高校を卒業したら働かなければならない。だから、きみが今の家族から抜《ぬ》けてしまえばいい」

「え？」

驚《おどろ》きとともに、今度は怒《いか》りがこみあげてきた。

「あたしが奈津希を……、ハハも見捨《みす》てて、家出しろってこと？」

「違《ちが》う。今までどおり、一緒《いっしょ》に住んでいいんだ。ただ書類の上だけで手続きをする」

山之内は別の本を一冊《さつ》とると、そこに貼《は》られた付箋《ふせん》のページを開いた。

『進学時の世帯分離《せたいぶんり》について』と、大きな活字で書いてあった。

「一緒に住んでいても、別の世帯の人間ということにする。それを難《むずか》しい言葉で『世帯分離』っていうんだけど、そうすれば高校卒業後も進学して、勉強することができるはずだよ」

「大学とか……、行っていいの？」

あっけにとられて、つぶやいた。

「ケースワーカーが言ってたことと、話が違うじゃん」

「きみのケースワーカーさんは、まちがったことは言ってない。ただ例外や裏技《うらわざ》なんかの、踏《ふ》みこんだ説明をしていないんだ。その点、職務怠慢《しょくむたいまん》だよね。あるいは……」

山之内は、さっきの「生活保護手帳」という本を指《さ》し示《しめ》す。

「こういう、ものすごい量の規則《きそく》が、全部頭に入っていないことも考えられる。量が多いうえに、年々変化しているからね。ケースワーカーさんも、全員完璧《かんぺき》ってわけじゃない。知識不足《ちしきぶそく》のまま大量の仕事を抱《かか》えて、アップアップしている人も中にはいるんじゃないかな」

あたしは、まだ若《わか》い担当《たんとう》ケースワーカーの顔を思いうかべた。

あいつも、アップアップしていた口なのか？　けれどうらみの感情《かんじょう》より先に、胸《むね》に静かな興奮《こうふん》が、ヒタヒタと波みたいに押《お》しよせてきた。

「……なーんだ」

その波を抑《おさ》えこもうと、わざとそっけない声を出してみた。

「あたし……、進学できんのかよ」

自分で言った言葉を、自分の耳で聞いたとたん、思いがけずあたしは鼻の奥《おく》がツンとした。

進学できんの？　夢《ゆめ》、持っていいの？

進路を選ぶ自由が、あたしにもあったの――？

「だけど、簡単《かんたん》なことじゃない」

冷静な山之内の声に、我《われ》に返る。

「入学に必要なお金は、国からいくらかは給付《きゅうふ》されるし、高校のときにバイトして貯金しておけばいいと思う。学費についても、奨学金《しょうがくきん》なんかでなんとかなると考えよう。けれども……」

「けれども、なに？」

「今の法律《ほうりつ》だと、『世帯分離』をした子どもは、生活保護《せいかつほご》から抜《ぬ》けなきゃならない。家にはお母さんと奈津希ちゃん、ふたり分のお金しか出なくなる。きみの生活費は、きみ自身がなんとかしなきゃならないんだ。さらに奨学金を受けられればいいけど、そうでなければアルバイトで稼《かせ》ぐ必要がある。そのうえで学校に通って、勉強しなければならない。きみの場合は奈津希ちゃんの世話に、家事だってある。全部をこなしていくのは、ものすごくたいへんなんじゃ……」

「だいじょうぶ」

あたしは山之内を見返した。

「だってあたし……、タフだから！」

ゆるゆると記憶《きおく》のねじが逆回転《ぎゃくかいてん》して、パパの姿《すがた》が目の前によみがえってきた。

『樹希はきっと、タフな女になるぜ』

そう言って笑ってた声も、聞こえてくる。ハハの病気は、これからどうなるかわからない。あたしが十八になったとき、奈津希はまだ小学一年生だ。

働いて、稼《かせ》いで、勉強して。奈津希の世話に、家事いっさい――？

けれど、それでも。

なりたいものになれる可能性《かのうせい》だけは、ひとすじの光だけは、あたしの前に射《さ》しこんだ。

「佐野さんは、なぜ進学をしたいの？」

遠慮《えんりょ》がちに、山之内が聞いてきた。

「……看護師《かんごし》に……、なれたらなと思ってたんだ」

十一歳《さい》のあの日。

パパが死んで、ハハは頼《たよ》りにならず、それどころか救急車で運ばれて。

このままハハまで死んだら、ひとりぼっちでどうやって生きてけばいいんだ。さすがの強気も吹《ふ》っ飛《と》んで、声も出せないくらい不安だった。

そのときに背中《せなか》をさすってくれた、あの人の手。

どんなにかあたしは、その手に救われたことだろう。

「ハハが病気で倒《たお》れたとき、出会った看護師《かんごし》さんがいたんだ。あたしんちが貧乏《びんぼう》って知って、自分の仕事じゃないのに、かけずりまわっていろんな人に相談してくれて。それでうちは、生活保《せいかつほ》護《ご》を受けられるようになったんだ。どんだけ助かったかわかんない」

「なるほど、それで」

「うん。鳥の雛《ひな》は卵《たまご》から出たとき、いちばん最初に見たものを、親って思いこむんだってね」

「ああ、『刷《す》りこみ』ってやつ」

「それだよ。あたしあのとき、どん底の暗いところから、初めてちゃんとした大人を見たんだ。将来《しょうらい》なにかになるんだったら、あの人みたく看護師になろうってずっと思ってた」

初めてだ。こんなこっぱずかしい夢《ゆめ》を、他人に語るのは。けれど口にしてみると、ずっと誰《だれ》かに聞いてもらいたかったような気がする。

「けど、看護師は高校出ただけじゃなれない。大学や専門学校《せんもんがっこう》に行って、勉強しなきゃならないんだ。看護師《かんごし》になれる、『衛生看護科《えいせいかんごか》』ってコースがある高校もあるって聞いたけど、その高校はうちから遠すぎて通えないし」

「……残念だね」

「しかたないよ。奈津希の面倒《めんどう》も見なきゃなんないしな。だから、あきらめてた」

「あきらめないでほしい。決して、楽な道ではないとは思うけど」

あたしの今後の苦労を予想してか、顔を曇《くも》らせている山之内の横で、アベルが漫画本《まんがぼん》を閉《と》じてシャープペンシルを手にとった。自分のノートになにかを書きつけ、こちらによこす。

――いつき、かんごしさん、なれると思う。ちょっとこわいけど、たよりになる――

いつもの、蟻《あり》の行列みたいな小さな字が、楽しげに躍《おど》っている。

「怖《こわ》いってなんだよ！」

冗談《じょうだん》めかしてアベルの背中《せなか》をバシバシ叩《たた》きながら、胸《むね》がじんと熱くなった。

なれるだろうか？　実現《じつげん》するんだろうか？　心の奥《おく》にずっと住まわせていた「ちゃんとした大人」に、あたしは近づくことができるだろうか。

山之内が、ちゃぶ台に置いてある本の山に目をやった。

「今回調べてみてわかったんだけど、制度《せいど》っていろいろややこしすぎて、専門家《せんもんか》でも理解《りかい》がたいへんみたいだね。あらゆるケースを想定して作ってあるから、決めごとが細かくなるのはわかるんだけど……。裏技《うらわざ》とか例外とか、駆使《くし》しなきゃならないっていうのは変な気がする」

「ほんとだよな。もっとわかりやすくしろってんだよ。だから、今まで貯金も進学も無理って、思いこんでたんだ」

「結局、制度《せいど》というものは、知らなければ確実《かくじつ》に損《そん》をするってことだね」

悲しげな、ちょっと腹立《はらだ》たしげな声で山之内はつぶやいた。

「これ、みんな図書館本だけど、まだ借りていられるからここに置いとく。参考にしてみて」

「こういう本を、ちゃんと読んで勉強しとけってこと？」

山之内が積み上げた、本たちを指さす。

「生活に追われてる人間に、そんな暇《ひま》も元気もないんだけど。それに、いろいろ情報《じょうほう》仕入れて、これを利用したいあれも利用したいって主張《しゅちょう》すると、また世間から言われるかもな。貧乏人《びんぼうにん》のくせに、調子こいてる。ずるいって」

あの「生活保護体操服事件《せいかつほごたいそうふくじけん》」を思いだすと、また心に灰色《はいいろ》のもやが立ちこめる。

——いいよな、おまえら。得しやがって——

そういう感情《かんじょう》はとても怖《こわ》い。生きてるだけで感謝《かんしゃ》しよう、お金をもらってるんだから、感謝しよう。そうやって遠慮《えんりょ》しながら、目立たず控《ひか》えめに生きていくのが、あたしら貧乏人の運命だと自分に言いきかせてた。

そう思ってずうっと耐《た》えて。なにもかも、どうでもいいような気になって。じゃあ未来をあきらめるのかと思うと、心がひねくれそうになって……。

「ずるくはない。それは権利《けんり》だ」

山之内はきっぱりと言うと、本の山から「生活保護手帳」を指さした。

「この本、わかりにくい文章ばっかりだけど、最初の法律《ほうりつ》の部分だけ何回か読みなおしてるんだ。そしたらひとつだけ、心に残った言葉があったんだ」

「なに？」

「生活保護法《せいかつほごほう》　第一章　第二条《だいじょう》『すべて国民は、この法律の定める要件《ようけん》を満たす限《かぎ》り、この法律による保護を、無差別平等に受けることができる』」

山之内はスラスラと暗唱した。

「無差別？　平等？　きれいごとだな」

「そうだね。この世は平等なんかじゃない。みんなが平等だというのは、ウソだと思う。けれどこの法律は、そうは言っていない。保護が『無差別平等』なんだ」

力をこめて言うと、本の表紙に目を落とす。

「貧乏《びんぼう》は自己責任《じこせきにん》だと言う人もいるけれど、この法律はそんなふうには切《き》り捨《す》てない。努力が足りなかったせいだとか、行いが悪かったせいだとか、過去《かこ》の事情《じじょう》はいっさい問わない。ほんとうに困窮《こんきゅう》している人々には、すべて平等に手を差しのべようという……。これを読んだとき、ぼくは人間を信じてもいい気がしたんだ」

ポカンとしているあたしとアベルの視線《しせん》に気がつくと、恥《は》ずかしげに顔を赤らめる。

「小さくて、弱っちくて、自分勝手だけど……、人間って、捨《す》てたもんじゃないかもって」

「おまえの言うことは、難《むずか》しくってよくわからないけどさ」

あたしは、心から言った。

「おまえみたいなやつが、この世にいてくれないと困《こま》る。そのことだけは、わかった気がするよ」

山之内は、いっそう顔を赤らめると、照れくさそうに微笑《ほほえ》んだ。


その日はサッカー中継《ちゅうけい》のせいか、ほんとうにお客は来なくって、マスターは商売をあきらめて、あたしたちにご飯を作ってくれた。

フライドポテト、枝豆《えだまめ》、イカリングに鶏《とり》のから揚《あ》げ、サンドイッチ、キュウリのピクルス。パーティープレートっぽく盛《も》りつけて、ジュースと一緒《いっしょ》に二階に運んでくれた。

「よっし、食え。おまえら。どんどん食え」

「ひょえー、なんか大盤振《おおばんぶ》る舞《ま》いじゃん。いいの？」

「だって客、来ねえしよー。おい、先生。今日はおまえも食ってけ。日ごろ、アベルをタダで教えてくれてる、感謝《かんしゃ》のしるしだ」

けっこうです。家で食べなければいけないので。そう山之内は言うかと思ったら、素直《すなお》に「ありがとうございます」と頭を下げて、サンドイッチに手を伸《の》ばした。

「おい、いいのかよ。ここで食べちゃって」

「いいんです」

モグモグと口を動かして、サンドイッチを呑《の》みくだすと、「うまい」と言う。

「そーだろ、そーだろ、うまいだろ。たくさん食え。あ、アベルはそんなに食うなよ。おまえ、大食いだからな。あーあー、から揚《あ》げばっかり食うな。野菜も食え！」

しかたなさそうに、ピクルスを口に入れたアベルが、口をすぼめてなんともいえない顔をする。その顔を見て、あたしと山之内が笑う。

「居場所《いばしょ》ですよね、ここ」

いつか聞いたようなセリフを、山之内がまたつぶやいた。

「おう。そうだよ。なんたって『カフェ・居場所《いばしょ》』だからな」

缶《かん》ビールを飲みながら、マスターが自慢《じまん》そうにつぶやく。

ポテトを味わいながら、あたしも天井《てんじょう》を見上げる。アベルも山之内も、一緒《いっしょ》に見上げる。

汚《きたな》い天井《てんじょう》が、ふるさとの夜空みたいだ。あの節穴《ふしあな》はなんの星だろう。北極星《ほっきょくせい》？

薄黒《うすぐろ》く広がっているしみは、星雲のようにも、天の川のようにも見える。

この夜空へ、飛びたっていくことができたなら。


「樹希、このごろ授業《じゅぎょう》を聞いてるよねー」

休み時間、ノートにラインマーカーを引いてたら、エマがからかうように声をかけてきた。

「悪い？」

「そんなことなーい」

顔の前で手を振《ふ》る。鼻にかかったアニメ声。ちっちゃいときから変わらない。

「あたし喜んでるんだよ。いっつも疲《つか》れててダラッとしてた樹希が、ちょっと元気になってる気がするんだもん」

「……おせっかいだな」

「ひどーい。おせっかいだなんて。でもそう思われてるんならついでに聞くけど、なんかいいこととかあったの？　たとえば……、誰《だれ》かさんに告白されちゃったとか？」

「はぁ？　ないないないない！　そんなこと！」

「ないの？　そうなの？　あたしはてっきり、そうなのかと思ってたんだけどー。ふうん、まあ、どっちでもいいや。元気そうになってよかった」

「……目標、できたから」

つい言ってしまった。

「え？　目標！　なになに？　どんな目標？」

「言わねーよ」

「えー、言ってよー」

無視《むし》をする。今はそこまで打ち明ける気はない。エマが嫌《きら》いなわけじゃないけど、エマの家はちゃんとした普通《ふつう》の家だ。小学校のころと違《ちが》って、それがいつもあたしの口を重くする。

心の中でだけ、つぶやいてみる。

エマ、あたしの目標はね、今日のご飯を、国からお金をもらわなくても食べられる人になることだよ。できればなりたい職業《しょくぎょう》について、そのお金を稼《かせ》げる人になること。

エマから見たらバッカみたいな目標だろ？　こんな普通のことが、永遠《えいえん》に不可能《ふかのう》なことに思えてたんだ。

けれど今、やっとちっちゃな光が見えた。

雲の中のお星さまみたいな、たよりない光だけれど、今はその光がたまらなく愛《いと》おしいんだ。

12 喪失《そうしつ》〈山之内和真《やまのうちかずま》〉

アベルくんに今日は、「比例《ひれい》」の基礎《きそ》を教えた。

あいかわらずアベルくんの理解《りかい》は遅《おそ》くて、サクサクとは進まない。

「空《から》の水槽《すいそう》に水を入れていくんだ。1リットル入れると、水の量は3センチになる。2リットル入れると、6センチになる。じゃあ7リットル入れると、何センチになるか。考えてみよう」

難《むずか》しそうな顔で、手を止めているアベルくんのノートに表を書く。

1の下に3。2の下に6。3の下に9……。

わかった！　という顔になって、アベルくんは7の下の空欄《くうらん》に、21と書き入れた。

「オッケー！　正解だよ」

グルグル花まるを描《か》きながら、XとYを使った比例の式にたどり着けるのはいつだろうと、少々不安になる。けれど進度がカメでもカタツムリでも、前進しているのはまちがいない。

今、アベルくんの水槽は底面積が広すぎて、1リットル入れても1センチしかたまらない。けれども、2リットル入れれば2センチたまり、3リットル入れれば3センチたまる。

これも比例《ひれい》だ。アベルくんは、がんばっている。

そして底面積が広いって、別に悪いことではないなあとも思うのだ。ぼくの水槽《すいそう》は、細いメスシリンダーみたいだった。上からジャンジャン水を注がれて、常《つね》にあふれていた。

けれど、ゆっくりのんびり、たぷたぷと水をためるアベルくんの水槽。見ていると、気持ちが和《なご》んでいく。狭《せま》かったぼくの世界までが、広々とする心地《ここち》がする。

水の量に引き続き、増《ふ》えていくおもりの重さなどの演習問題《えんしゅうもんだい》を、休み休みゆっくりと解《と》いて今日はおしまいにした。帰《かえ》り支度《じたく》を整えていると、入れかわりに佐野《さの》さんが階段《かいだん》を上がってきた。弾《はず》むようなタンタンタンタンという足音を聞いて、ぼくの気持ちも少し弾む。

「あっつー」

声がしてふすまが開いた。汗《あせ》で前髪《まえがみ》が、おでこに張《は》りついている。

「あれ、クーラー、全然効《き》いてないじゃん」

そう言って、壁《かべ》にとりつけられた古ぼけたエアコンを見上げる。

「そうなんだよ。そろそろ寿命《じゅみょう》なんじゃないかな。設定温度《せっていおんど》下げても、たいして冷えなくて」

「マスターに、エアコン買いかえてくれって頼《たの》むかー」

「難《むずか》しいような気がするね」

「夏は地獄《じごく》だな。こりゃ」

言いながら、目は笑っている。

アベルくんの横に座《すわ》ると、布《ぬの》の手さげぶくろから問題集とノートをとり出す。

「英語？」

「うん」

佐野さんはすぐに、黙々《もくもく》と問題にとりくみ始めた。このところ、こうやってここに来るたび、彼女《かのじょ》は勉強をするようになった。

「家じゃ全然集中できないけど、ここに来たらはかどる」

「そっか」

「期末、イマイチよくなかったんだよね」

「なにか……、ぼくにできることありますか？」

控《ひか》えめに申し出てみたけれど、佐野さんは首を横に振《ふ》った。

「アベルの勉強、終わったんだろ？」

「うん、いちおう……」

「じゃ、帰れ」

顔の前で、シッシと手《て》の甲《こう》を前後に振る。

「山之内だって勉強あんだろ？　きっとすっげー難《むずか》しい高校、受験すんだろ」

「そうなんでしょうかね」

「ひとごとみたいに言うなよ。それからさー」

言葉を切ってノートに目を落としたまま、佐野さんは小声でつぶやいた。

「なんか、いろいろ……、ありがとな」

ぶっきらぼうに発せられたその言葉に、ぼくは耳を疑《うたが》いながらドギマギとした。

「いえ……」

「これでもさー、いちおう感謝《かんしゃ》はしてるし」

「いえ……」

「いえ……って、なんだよ！」

プッと佐野さんが吹《ふ》き出《だ》し、ぼくも笑う。

うつぶせで漫画《まんが》を読んでいたアベルくんも、半身をもたげて、白い歯を見せて笑っている。

「んじゃ！」

ひらひらと佐野さんが手を振《ふ》る。

「お先に」

ぼくは立ち上がって、学校のかばんを手にとった。

階段《かいだん》を下りると、今日はそこそこお客も入っていて、マスターが忙《いそが》しそうに立ち働いている。

それでもぼくを見るとニヤッと顔をほころばせて、ごくろうさまという笑顔《えがお》になった。

邪魔《じゃま》にならないよう、ひょこっと頭だけ下げて店の戸を開ける。

カラカラコロコロと、カウベルが鳴った。今日はもう六時半を回っている。

西の空はオレンジ色に染《そ》まりつつ、夜の気配を濃《こ》くしていた。梅雨《つゆ》あけ間際《まぎわ》の空気は、じっとりと湿《しめ》っている。でもぼくの心には、サワサワと気持ちのよい風が吹《ふ》いていた。

——ありがとな——

そう佐野さんが言ってくれた。口の悪い、あの佐野さんが言ってくれた。

ほんのりと、温かな思いが胸《むね》に満ちて、ぼくは夕暮《ゆうぐ》れの空を見上げる。

薄暗《うすぐら》くなりかけた街を、速足で歩き始めたときだ。

「おっと」

カフェの斜《なな》め向《む》かいのコンビニから、出てきた人がぼくにぶつかりそうになって声をあげた。

あわててよける。

紙コップに入ったコーヒーを片手《かたて》に持った男性《だんせい》。その顔に見覚えがあった。

つり上がった細い目に、暗くよどんだ表情《ひょうじょう》。

「あっ」

心臓《しんぞう》がドクンと、嫌《いや》な感じで肋骨《ろっこつ》を蹴《け》った。

前にスーパーで、アベルくんに因縁《いんねん》をつけた男。

アベルくんの襟首《えりくび》をつかんでパニックにおとしいれた、あの男だった。

「ちゃんと、前見て歩けよ！」

そう怒鳴《どな》ってぼくの顔を見て、男は思いだしたらしい。

「……あのときの、中坊《ちゅうぼう》？」

口元だけに笑《え》みを作って、顔をのぞきこんでくる。ネチッとした声に、ぞっとする。

「まさか、こんなところで、またきみに出会うとは」

そうして、「カフェ・居場所《いばしょ》」をジロジロと見た。

「今、あの店から出てきたよね。きみ、あそこんちの息子《むすこ》？」

ハイともイイエとも言わず、ぼくは押《お》し黙《だま》る。情報《じょうほう》をなにも与《あた》えないほうがいい。

「中学生が、ひとりでカフェっておかしいもんな。やっぱ、あの店の息子か、関係者か」

無言で目をそらして横をすり抜《ぬ》けようとすると、男は通せんぼするように道をふさいできた。

「……通してください」

「金、貸《か》してよ」

後ずさりして、警戒《けいかい》レベルを上げる。

もしもぼくがハリネズミだったら、今全身の針《はり》を、全部逆立《さかだ》てていると思う。

「あっは！　冗談《じょうだん》だよ、冗談」

男は、投げやりな感じで笑った。

「この前は、酔《よ》っぱらってからんじゃったけどさー。オレ意外に常識《じょうしき》はあんのよ。そんな怖《こわ》い人じゃないから。安心して」

ぼくは、上目づかいに男をにらむ。どこに常識があるのか。安心なんてできるものか。

アベルくんの襟首《えりくび》をつかみ、発せられたあの言葉をぼくは忘《わす》れない。

「やな目つきで人を見るねー、きみは」

男は心外だという顔で、ぼくを見る。

「あのときはさ、仕事の面接《めんせつ》に落ちちゃってイライラしてたんだ。そういうときってあるだろ」

イライラしていたら、人を傷《きず》つける言葉を吐《は》いてもいいのか。

「中坊《ちゅうぼう》にはわかんないだろうけどさ。人生はいろいろあんだよ」

そうだ。いろいろある。アベルくんも、佐野さんも、付け加えて言うならぼくも、そのいろいろを耐《た》えている。あんただけじゃない。

「しかし、ダッサい店だな」

なにもしゃべらないぼくを挑発《ちょうはつ》するように、男は「カフェ・居場所」をあごでしゃくった。

「きみも、ここの店の息子《むすこ》なら、いろいろたいへんなんじゃない？　もっとおしゃれな、よさげな店がいくらだってあるもん。『居場所』なんて、ネーミングからしてセンスないし」

この前のスーパーでの出来事を、この男は根に持っている。だからこうして、小学生並《な》みにバカげたセリフを投げつけてくるのだ。

挑発《ちょうはつ》に乗るな。適当《てきとう》にかわして、この場から去るのだ。

それなのに、ぼくはカアッとしてしまったのだった。この場所を悪く言われるのだけは、耐《た》えがたいのだった。

「あなたよりマシですよ」

気がついたら、そうつぶやいていた。

「はぁ？」

「ダサくてけっこうですよ。あんたの千倍マシだ。自分がどんなにみじめに見えるか、わかってるんですか。ぼくは、あんたみたいな大人にだけはなりたくない。軽蔑《けいべつ》する」

男は押《お》し黙《だま》った。みるみる顔が、赤黒くなる。憎悪《ぞうお》に満ちた目が、ぼくをにらんでいる。

「てめー」

低い声をしぼり出したが、言葉が続かない。

ぼくは知らず知らず、男のいちばん痛《いた》いところを突《つ》いてしまったのかもしれなかった。

「てめー」

唇《くちびる》をプルプルと震《ふる》わせると、持っていた紙コップを足元の地面に投げつける。ビシャッとコーヒーが飛び散り、男は地団駄《じだんだ》を踏《ふ》んだ。

「……バカにしやがって！　バカにしやがって！　バカにしやがって……」

半分、泣いているような顔だった。

みなまで聞かず、ぼくは男の横をすり抜《ぬ》け、駆《か》けだした。大通りの人混《ひとご》みに紛《まぎ》れこむ。振《ふ》りかえっても、男は追いかけては来なかった。全力疾走《ぜんりょくしっそう》と恐怖《きょうふ》で息が切れ、太ももに両手を当ててハアハアと呼吸《こきゅう》をした。

けれどそのとき、ある種の達成感にも包まれていたのだった。この前、アベルくんにひどい言葉を投げつけたあいつ。なにひとつ言いかえせなかったぼく。

今日は言ってやった。投げつけられたボールを、叩《たた》きかえして顔にぶつけてやった。アベルくんの仇《かたき》を討《う》ってやったような、正義《せいぎ》の鉄槌《てっつい》を食らわしたような、そんな妙《みょう》な高揚感《こうようかん》に酔《よ》っていたのかもしれない。

それがなにを招《まね》いたか、ぼくは翌日《よくじつ》の朝に知ることになる。

いつものように電車に乗り、駅で降《お》りて学校へと歩いていく途中《とちゅう》だった。

国道《こくどう》沿《ぞ》いに消防車《しょうぼうしゃ》が何台か、止まっているのに気がついた。

「路地のほうにあるカフェが燃《も》えたって」

「ああ、あの昭和《しょうわ》な感じのカフェ？」

行きかう人々のささやき。

心臓《しんぞう》が肋骨《ろっこつ》を蹴《け》りあげた。嫌《いや》な予感で、背中《せなか》が冷たくなる。

まさか。まさかそんなこと。

体の内側から、メラメラと炎《ほのお》が立ちのぼるような気がする。頭の中が真っ赤になる。不安と恐《きょう》怖《ふ》で自分が黒焦《くろこ》げになりそうな気持ちで、走りだした。

「あ、きみ、まだ入っちゃだめだ！」

消防士《しょうぼうし》の声を無視《むし》し、張《は》られたロープを持ちあげてくぐる。

店は？　「カフェ・居場所」はどうなってる？

現場《げんば》を見て、ぼくはへたりこみそうになった。

全焼《ぜんしょう》を想像《そうぞう》していたが、店はちゃんと建っていた。どうやら早いうちに消火されたらしい。しかし外側の壁《かべ》は真っ黒になり、木のドアはひどく焼けこげていた。置いてあったゴミ箱も、植木《うえき》鉢《ばち》の植物も、無残に燃えてしまっている。

ジャージ姿《すがた》のマスターが外に立って、警察官《けいさつかん》と話をしていた。

「マスター！」

ハアハア言いながら走《はし》り寄《よ》ると、「おう」と手をあげた。無事を確認《かくにん》できてさらにホッとしたが、マスターは険《けわ》しい顔つきで、また警官《けいかん》と話しこみ始めた。

その後ろに、佐野さんもいた。

制服姿《せいふくすがた》で口を真一文字に引き結び、焼けたドアを――あのカウベルがぶらさがっていたあたりを――にらむように見つめているのだった。

「佐野さん！」

彼女《かのじょ》は、こわばった顔のままぼくを振《ふ》りかえった。

「放火だってよ……」

絶句《ぜっく》する。

「明け方に、灯油をぶっかけて、火ぃつけたんじゃないかって」

頭の中で、脳《のう》がグルグルグルグル回るようで吐《は》き気《け》がした。

もしや、あの男ではないのか？

ぼくの言葉に顔を赤黒くし、唇《くちびる》をプルプル震《ふる》わせていた、あの顔を思いだす。あいつは、ぼくがこのカフェの息子《むすこ》、または関係者だと思いこんでいる様子だった。ぼくへの仕返しのつもりで、このカフェに火を放ったとしたら――？

警官《けいかん》がマスターに、尋《たず》ねている声が聞こえてくる。

「ほんとに、心当たりはありませんかね。最近、誰《だれ》かにうらみを買ったとか、そういうことは」

「わかんねー。なにがなんだか俺《おれ》には全然わかんねーよ」

わめいているマスターのそばに、ぼくはフラフラと歩《あゆ》み寄《よ》った。

「心当たり……、あります」

「え？」

マスターと警官が、同時に振《ふ》り向《む》いた。

「ぼくのせいかもしれない。ぼくが、うらみを買ったのかも。あの男が……」

「え？　きみ、どういうこと？」

息が苦しくなり、地面が崩《くず》れ落《お》ちていくような感覚にとらわれた。

警官の腕《うで》が、よろめくぼくの体を支《ささ》えた。


ぼくがきのうの出来事を警察に説明し、佐野さんもスーパーでのいきさつを話してくれた。警察はあのスーパーにも出向き、男の人相や特徴《とくちょう》など、あらゆる情報《じょうほう》を収集《しゅうしゅう》した。容疑者《ようぎしゃ》はまもなく逮捕《たいほ》された。やはり、あの男だった。

放火犯《ほうかはん》は必ず、現場《げんば》にもどってくるという。その日の夕方、通りすがりのふりをして現場を見ていたところを職務質問《しょくむしつもん》され、あっけなくつかまった。

「人間関係のトラブルで、職場を転々としていたみたいだね」

担当《たんとう》の刑事《けいじ》さんが、苦々しげにそう報告《ほうこく》してくれた。

「自分は、不当に低く評価《ひょうか》されている。世の中がまちがっている。そんなことをわめいて、泣いてやがるんだ。まったくもう……」

火を放ったのは、社会への報復《ほうふく》だったのだろうか？　それとも、いるべき場所とは違《ちが》う場所に流れ着いてしまった、自分への腹立《はらだ》ち？

彼《かれ》は、動機についてはなにもしゃべらなかったという。けれども、ぼくがあの男の黒い感情《かんじょう》を、あおり立てるきっかけを作ったことはまちがいないだろう。

「カフェ・居場所」は外回りだけではなく、内部も消防車《しょうぼうしゃ》の放水でビショビショになっていた。水に濡《ぬ》れた冷蔵庫《れいぞうこ》やレンジは動かなくなり、壁紙《かべがみ》やフローリングの床《ゆか》はブヨブヨになり、窓《まど》ガラスは割れ、マスターがだいじに飾《かざ》っていた昔の写真もヨレヨレになってしまった。

火事を知って駆《か》けつけたアベルくんは、へなへなとその場にしゃがみこみ、佐野さんは動かなくなった冷蔵庫を蹴飛《けと》ばした。

「なんで、こんなことになるんだよっ！」

その間にも近隣《きんりん》の人が、「うちも放水の水濡れで被害《ひがい》を受けた」と苦情を言いに来たりして、マスターは疲《つか》れきった表情《ひょうじょう》でペコペコ頭を下げていた。

犯人《はんにん》がつかまったあとも、事情聴取《じじょうちょうしゅ》は続いた。参考人のぼくが中学生なので、両親も警察《けいさつ》に呼《よ》び出《だ》された。

灰白色《かいはくしょく》の部屋でパイプ椅子《いす》に座《すわ》らされ、「ありえんだろ！　なにかのまちがいだ」と、キレていた父さん。けれど、ぼくが図書館ではなく、知らないカフェの二階に出入りしていたことを知ると黙《だま》りこんだ。「戸惑《とまど》い」や「恥《はじ》」や「恐怖《きょうふ》」の感情が、かわるがわる父さんの顔をよぎるのを、ぼくはひとごとみたいに見つめてた。

「信じてたのに……。和真のこと、信じなきゃって思ってたのに……」

母さんは、家に帰るとテーブルに突《つ》っ伏《ぷ》して泣き出し、

「うちの孫が、こんなことになってただなんて……。あなたいったい、なにをやっていたんです！」

おばあちゃんは母さんを怒鳴《どな》ったあげく、血圧《けつあつ》を上げて寝《ね》こんだ。

穂波《ほなみ》は怖《こわ》いものを見るようにぼくを見たし、父さんはもはや、怒《おこ》ることも説教することもなかった。それどころかオドオドとしてぼくから目をそらすようになり、めっきりと無口になった。

蒼洋中学《そうようちゅうがく》をクビになり、ウソをついて得体の知れないカフェに出入りし（佐野さんの脅迫《きょうはく》は誰《だれ》

にも言わなかった)、こんな放火事件《ほうかじけん》にまで巻《ま》きこまれたぼくに、家族はどう接《せっ》していいのかわからないらしかった。

学校はまもなく夏休みに入り、ぼくは塾《じゅく》にも行かず部屋に引きこもった。パソコンもスマホもとりあげられたままで、することもなく、ただぼうぜんと窓《まど》の外を見つめていた。

これから、どうする。

夏の空は青々と広がり、木々は豊《ゆた》かに緑の葉を茂《しげ》らせて、風に身を任《まか》せている。

ある意味、ぼくは今、自由になった。結果として家族をとことん裏切《うらぎ》り、失望させることになった。「こうあるべきだ」と、設定《せってい》された息子像《むすこぞう》を粉々にした。

もはや家族は、ぼくへの期待を捨《す》てただろう。勉強なんて、もうしなくてよくなったのではないか？　すでになんで勉強なんかしているのか、よくわからなくなっていたのだ。

ガラス窓の向こうをながめながら、一瞬《いっしゅん》、解放感《かいほうかん》に包まれる。

やっと解《と》き放《はな》たれたのだ。これからは、好きなように生きていくのだ。

自由、自由、自由！

しかし魅力的《みりょくてき》なその響《ひび》きを前にして、なぜか身がすくみ、心はしぼんでしまうのだった。蒼洋中学にいたときみたいだった。自由はひんやりと冷たくて、試《ため》すようにこちらを見ている。

きみは、なにを選ぶの？　どこへ行くの？

あのころから、ぼくはちっとも変わってやしない。これから自分がどうしたいのか、どこに歩いていったらいいのかもわからない。

いや、行きたい場所なら、ひとつだけ明確《めいかく》にあった。

放火される前の「カフェ・居場所」だ。

けれどかなわぬ夢《ゆめ》だった。

ぼくは、たしかにおぼっちゃまだった。人の心の闇《やみ》を、なんにもわかっちゃいなかった。ドロドロと渦巻《うずま》き、出口を求めているマグマのような悪意。それを犯罪《はんざい》という形で、噴出《ふんしゅつ》させる人間がいることも。

あんなに親切にしてくれたマスターに、はかりしれない迷惑《めいわく》をかけてしまった。いったい、どう謝《あやま》ればいいのか。佐野さんにもアベルくんにも合わせる顔がない。大切にしていた居場所《いばしょ》が、ぼくのせいでめちゃくちゃにされてしまった。

自己嫌悪《じこけんお》と自責《じせき》の念《ねん》が、岩のようにのしかかってしゃがみこむ。

心は停止ボタンを押《お》したように、動かなくなってしまった。

いっそこのまま、シュッと空気に溶《と》けて消えたい。

13　不安〈佐野樹希《さのいつき》〉

「カフェ・居場所《いばしょ》」は、しばらく休業することになった。

焦《こ》げた壁《かべ》を塗《ぬ》りかえ、焼けたドアや窓《まど》ガラスを修繕《しゅうぜん》し、壁紙や床《ゆか》なんかも張《は》りかえ、壊《こわ》れた電《でん》化製品《かせいひん》もとりかえなければならない。

「火災保険《かさいほけん》が出るから、まあ金はなんとかなるんだけどよー」

無精《ぶしょう》ひげが伸《の》び、頰《ほお》がややこけたマスターがつぶやく。髪《かみ》がさらに薄《うす》くなり、影《かげ》まで薄くなったような気がする。

「しっかし保険もらう手続きも、いろいろ面倒《めんどう》くさくてよー。修理の業者も、近ごろ人手不足とかで、すぐには無理だって言いやがる。まあ、秋ごろまでかかりそうだな」

けれど、まだ湿《しめ》っている木の椅子《いす》に、しょんぼり腰《こし》かけているあたしとアベルを見ると、

「でもまあ、この程度《ていど》ですんでよかった。休むのも二、三か月のことだから」と、無理やり明るい声を出した。

「俺《おれ》はしばらく田舎《いなか》の実家に行くわ。ここにいても、なんもできることねーからな。店が元どおりになったら、また来い。それまで夜の街とかフラフラして、補導《ほどう》されるんじゃねーぞ！　約束だからな！」

しかたなさそうにうなずくアベルの横で、あたしは固まったまま、首を縦《たて》には振《ふ》らなかった。

「なんだよ、樹希。聞き分けてくれよ。修理《しゅうり》が終わるまでのことだから」

「……そんなんじゃない。ねえ、あたしたちって、いつまでここに厄介《やっかい》になってんのかな」

マスターとアベルの顔を、交互《こうご》に見る。

「それは……、おまえらが、ここを必要としなくなるまで来たらいいじゃねーか」

「だから、それって、いつまで？」

普通《ふつう》に聞いたつもりだけど、喧嘩《けんか》を売ってるみたいな声になってしまった。

「……迷惑《めいわく》かけてんじゃん。タダで居《い》すわって飲み食いして。それに、あたしらがこの店に出入りしなかったら、マスターはこんな目にはあわなかった。たまたま山之内《やまのうち》が、あいつと出会って言いかえしたけど、あたしが出会っても言いかえしてたよ。スーパーでアベルにひどいこと言いやがって、ムカムカしてたしな。山之内以上に大喧嘩したと思う」

「いや、でもそれは、おまえらのせいじゃ全然なくて、犯人《はんにん》が悪……」

「だとしても、あたしはもう、やなんだよぅ。迷惑かけるの、やなんだようっ」

この人のやさしさに、今までどれほど甘《あま》えてきただろう。タダ飲み、タダ食い、二階を占拠《せんきょ》して勝手に使って、愚痴《ぐち》も聞いてもらって……。

そうやってあたしらに関わったあげく、店はボロボロのビショビショだ。割《わ》れた窓《まど》に貼《は》られた段《だん》ボールを見ると、胸《むね》が苦しい。心が痛《いた》い。

「ガキが、いっちょまえに迷惑《めいわく》とか言うんじゃねえよっ。ガキってのは、大人に迷惑かけながら大きくなるもんじゃねーのか？」

「かっこつけんな！　自分だって金ないじゃん。この店しばらく営業《えいぎょう》できなくて、そのあいだ金も入んなくて、めちゃめちゃダメージ受けてることくらい、あたしにだってわかんだよっ」

マスターが、苦しげな表情《ひょうじょう》で黙《だま》りこくった。

アベルがうつむいて、テーブルにポタポタッと涙《なみだ》を垂《た》らしている。

「泣くな！」

怒鳴《どな》って立ち上がると、ドア代わりにぶらさげたブルーシートをめくって表に飛び出した。もちろん、もうカウベルの音は聞こえない。カンカン照る日差しの中を走り出すと、ますます頭がカアッと燃《も》えるようだ。マスターは、追いかけてはこなかった。

泣くな、とアベルに怒鳴ったのに、涙がこみあげて目の前がかすむ。しばらく走って立ち止まり、目をパチパチさせて、まつ毛にまとわりついた水滴《すいてき》を乱暴《らんぼう》に手でぬぐった。

四つ角の手前に、古びた電話ボックスが見える。ポシェットから財布《さいふ》とメモをとり出して中に入った。十円玉を入れて、書かれた電話番号をプッシュする。前に教えてもらった、山之内の携《けい》帯番号《たいばんごう》だ。

けれど、今回も同じだった。何度かけても同じメッセージが流れる。

「この番号は、現在《げんざい》使われておりません……」

携帯、解約《かいやく》してしまったのか？　まさか罪《つみ》の意識《いしき》で、変な気を起こしてるんじゃないだろうな。春、陸橋の上から身を乗り出していた姿《すがた》を思いだすと、背筋《せすじ》がぞわっとする。

電話ボックスの戸を蹴《け》りあけて、外に出る。

「どこ、行こう……」

行く当てもない。これからどうしたらいいんだろ。

あの「居場所」があったから、あたしは呼吸《こきゅう》できていたのに。この前なんか、ささやかな希望の光を、抱《だ》きしめたいような気持ちになっていたのに。

ハハと奈津希《なつき》の世話をしながら、自分の家で勉強すればいいんだろうか？　けれど、その気力がわかない。あのジメジメしたボロアパートに、あたしの部屋はないし、居場所《いばしょ》もない。

しかも最近、ハハの様子がさらに変なのだ。

高校受験のための三者面談があって、ハハはどうせ来られないと思ったけど、面談用の書類だけは見せた。将来《しょうらい》の目標という欄《らん》があって、そこに「看護師《かんごし》」と書き入れていたんだった。

「看護師さんになって、くれるんだ！」

書類を見たとき、ハハはそう言って、やつれた顔を少しだけ輝《かがや》かせた。

「樹希、私《わたし》のためにこんなこと考えてくれてたんだ。樹希が看護師さんになってくれたら、これから私、どんなに安心か……」

なってくれる？　私のために？

ハハはあたしが、自分の専属《せんぞく》看護師にでもなると思って期待してんのか？

ムッとして書類をひっこめようとしたとき、ハハは急に不安げな表情《ひょうじょう》になった。

「けれど、進学するお金とか、どうしたらいいんだろ……」

「なんとかなるよ。この前、調べてくれたやつがいるんだ。高校入ったらバイトするし、学費は奨学金《しょうがくきん》とかでなんとかなるし」

「……なんとかなるのかなあ……」

ハハはさらに不安そうになって、それから自分を責《せ》めるみたいに、拳《こぶし》でゴツゴツとこめかみを叩《たた》き始《はじ》めた。

「ごめんね、ごめんねごめんね」

だんだんだんだん、興奮《こうふん》のボルテージが上がっていく。

「私《わたし》がこんなだから……。これから先も、樹希の足をひっぱるかも……。ううん、ぜったい、ぜったい足手まといになっちゃう……！　やだ、どうしよう……どうしよう！」

そして「息が苦しい」だの「動悸《どうき》がする」だの言って、枕元《まくらもと》に置いてある頓服《とんぷく》の薬を飲み始めたから、あたしはどこにも行けずに、家でハハを見守る羽目になった。

さらに、次の日の夕方。

ちょうどやってきた担当《たんとう》ケースワーカーに、ハハはいきなり土下座《どげざ》した。

「どうかどうか、お願いします！　生活保護《せいかつほご》、切らないでくださいね。私、こんなつまんない人間ですけど、どうか情《なさ》けをかけてください！」

「お、奥《おく》さん、どうしちゃったんすか。誰《だれ》もそんなこと、言ってないじゃないすか」

「私、自分が社会のお荷物だって、わかってるんですー。働かずにお金をもらってるなんて、人間としても母親としても、ぜんっぜんダメな存在《そんざい》だってわかってるんですー。毎月毎月の保護費を頂《いただ》くたび、ほんとうに申《もう》し訳《わけ》なく思ってて。辛《つら》くって。自分のことが、嫌《いや》になる一方で。私なんかから生まれたせいで、この子たちもきっと不幸になる……。ねえ、どうしたらいいのぉ？どうしたらいいんですかぁ？」

顔を涙《なみだ》でぐしょぐしょにしながら、壁《かべ》に頭を打ちつけ始めたハハを、ケースワーカーが必死に止めて病院に運んだ。注射《ちゅうしゃ》でやっと落ち着いて寝《ね》ているハハを見てると、情《なさ》けなさがこみあげてきて、同時に憐《あわ》れでしょうがなかった。

働けないって、こんなにも卑屈《ひくつ》にならなきゃいけないものなのか？　こんなにも、自分を責《せ》めなきゃならないものなのか？

そして、頭の上でカラスの大群《たいぐん》が鳴いているような、不吉《ふきつ》な予感にとらわれる。

いつか、よくなる。きっといつか、ハハは少しは働けるようになる。

そう思いこむようにして、なるべく不安から目をそらせようとしていた。

けれどこの二年ぐらい、ハハはちっともよくなっていない。それどころか、ますます悪化しているような気がする。

これから先、もっともっと病気が重くなっていったら？

あたし、勉強するどころじゃないじゃん。進学なんて夢《ゆめ》の夢じゃん。

叫《さけ》びだしそうになりながら、それでもあたしには、あの「居場所」があるから。なんとかなる、なんとかなるって、無理やり自分に言いきかせていたのに。

それなのに、あそこに火をつけられるだなんて。

なんだかもう、なにもかも嫌《いや》になっちゃった――。

あたしの人生は、きっと、とことん不運にできてるんだ。これからも不運にどっぷり首まで浸《つ》かって、家族に縛《しば》られて生きていくしかないんだ……。

フラフラと歩いて、気がついたら公園に来ていた。「カフェ・居場所」に来るようになる前、ときどきアベルと時間をつぶした公園だ。パパが生きてたころにも、よくここで遊んだ。

すべり台、シーソー、ジャングルジム。

ペンキがはげたジャングルジムに登って、てっぺんのあたりに座《すわ》った。ちっちゃいころ、ここから飛びおりるの大好きだった。平気で飛びおりるあたしを、みんながすげーと感心した。

けど、こんな低いところだったんだ。全然、すごくないじゃん。

空《むな》しい気持ちになって、地面を見下ろす。昔も今も、あたしはたいしたことのない、ただの女の子だ。なんの力もない。小さな希望の光も、やっぱり見失っちゃった……。

と、そのときだった。

公園の入り口から誰《だれ》かが走りこんできた。アベルだった。

ハアハア息を切らしながら、キョロキョロあたりを見回している。

「アベル！」

呼《よ》びかけるとこちらを振《ふ》りかえって、見つけた！　という顔になった。あたしはジャングルジムから飛びおりた。

「なに？」

アベルは走《はし》り寄《よ》ってくると、背中《せなか》のリュックを下ろした。リュックは異様《いよう》に大きくふくらんでいる。それを開いてあたしに見せる。

たくさんの本だった。あの事件《じけん》が起こるちょっと前、山之内が「カフェ・居場所」に置いていった図書館本だ。アベルがその中から、分厚《ぶあつ》い辞典みたいな本をとり出す。

「生活保護手帳《せいかつほごてちょう》」

アベルの茶色い指が、表紙をポンポンッと叩《たた》いた。幸い水に濡《ぬ》れなかったみたいで、きれいなままだ。

――こ、れ――

声は出ていないけれど、アベルの口がそう動いた。

――せん、せい、のほん――

「……山之内に返さなきゃってこと？　でもそれ図書館の本だから。それに、山之内とは連絡《れんらく》とれないし」

アベルは世にも悲しげな顔をしたけれど、いきなりそれをあたしの腕《うで》に押《お》しつけてきた。

「な、なに？　どうしろって言うの？」

戸惑《とまど》いながら本を手にとる。

アベルはショロリと笑顔《えがお》を浮《う》かべると、コクコクとうなずいた。そして別の本を手にとると、貼《は》られた付箋《ふせん》の箇所《かしょ》を開いた。それをこちらに向けて見せる。

「進学時の世帯分離《せたいぶんり》について」

その活字が目に飛びこんできたとたん、あの日アベルがノートに書いた字を、あたしは思いだしたのだった。

――いつき、かんごしさん、なれると思う。ちょっとこわいけど、たよりになる――

アベル……。ダメなんだよ。あたしはもう、ダメなんだよ。

きっと、なにものにもなれやしない。あのハハがいて奈津希がいて、家はビンボーで、「居場所」もなくなって、なにもかも八方ふさがりなんだ。

アベルはあたしの心の声を聞いたかのように、首を左右に振《ふ》った。そしてもう一度「生活保護手帳」を指さした。

――せん、せい、が――

そのとき、あたしの耳の奥《おく》に山之内の声がよみがえってきた。

「小さくて弱っちくて自分勝手だけど、人間って捨《す》てたもんじゃないかもって」

ああ、そうだ。あいつはあの日そんなことを言って、この本たちを置いていったんだ。

今となってはキレイごとにしか思えない。人間なんか、ろくなもんじゃない。

ギリギリの生活をしてるのに、うらやましがって攻撃《こうげき》してくるやつ。

自分の子どもを傷《きず》つけるやつ。人の家に火をつけるやつ。

投げやりな気分で、「生活保護手帳」を乱暴《らんぼう》にめくる。細かい活字がびっしりで、やっぱりなにがなんだかわからない。あのとき、山之内さえ、わからなかったと言っていた。

しかもこのページ数。いったい誰《だれ》が、こんな手間暇《てまひま》かかる本を作ったんだろう。ばっかみたいにわかりにくい、法律《ほうりつ》や制度《せいど》をこしらえあげたんだろう。

しち面倒《めんどう》くさい例外やら裏技《うらわざ》まであって、知識《ちしき》がないとうまく使えない制度。貧乏人《びんぼうにん》にやさしいのやら、やさしくないのやら、よくわからない制度。

けれど、その活字の行列をにらみつけながら、ふと思ったのだった。

十一歳《さい》から今日まで、あたしはこれのおかげでご飯を食べてきた。もしもこういう制度がなかったら、奈津希は無事に生まれることはなく、あたしはハハと一緒《いっしょ》に、どこかの道端《みちばた》でのたれ死んでいただろう。

またあの日の山之内の声が、聞こえてくる。

「制度というものは、知らなければ確実《かくじつ》に損《そん》をするってことだね」

メラッと胸《むね》の奥《おく》に、炎《ほのお》が上がったような気がした。それはクリスマスのキャンドルみたいな、清らかな炎じゃない。どっちかというと火事場の残り火みたいな、焦《こ》げくさい炎だ。

損して、たまるか——。

あたしはまだ、婆《ばあ》さんじゃない。中三の女子だ。これから何年も何年も、生きていかなきゃならないんだ。そのあいだずうっと、損《そん》ばっかりして生きていくのか？

部屋に干《ほ》してる、洗濯物《せんたくもの》に生えたカビ。

ハハのフリースにへばりついている、毛玉。

奈津希がかきむしるたび、皮膚《ひふ》から落ちる白い粉。

ああいうものたちと一体化して、なんにもいいことがないまま生きていくのか。

唇《くちびる》を噛《か》みしめると、エマの顔が目の前に浮《う》かんだ。山之内は言っていた。エマの叔父《おじ》さんに、本を紹介《しょうかい》してもらったと。

あたしは「生活保護手帳」をバタンと閉《と》じると、アベルに押《お》しつけた。

「その本、図書館に返しといて。読んでもわかんないからさ」

不安そうな顔のアベルを、キッと見返す。

「わかんねーから教えてもらう。あたし、もう損すんのはごめんだから！」

アベルはパッと顔を輝《かがや》かせると、目じりを下げて白い歯を見せた。

14 脱出《だっしゅつ》〈佐野樹希《さのいつき》〉

ショッピングモールにあるカフェで、あたしはエマの叔父《おじ》さんに向きあっていた。

地味なグレーの半そでシャツを着ている。持っているショルダーバッグは、古びてあちこち擦《す》り切《き》れている。けれど濃《こ》いめの顔だちをした、なかなかの男前だ。

「エマ好みの店だなあ」

まぶしそうな顔で、叔父さんは店内を見渡《みわた》した。

エマが案内してくれたこのカフェは、やたらにラブリーな店だ。壁《かべ》はピンクと白のストライプだし、椅子《いす》もピンク。外国の絵本や、人形なんかが飾《かざ》ってある。

けれどエマは、あたしたちを店に押《お》しこむなり、自分はすぐに出ていってしまった。

「エマはこれから、お洋服見にいくから。ふたりでいっぱい話してね」

あいつ、また気をつかってんなと思う。

小学校のときは、経済的《けいざいてき》な差なんて気にしたことなかった。生活保護《せいかつほご》を受けだしてからも、無《む》邪気《じゃき》に一緒《いっしょ》に遊んでたもんだ。けれど、だんだん大きくなるにつれて、まっとうなエマの家とは違《ちが》うんだ、生活もなにもかも違うんだという事実が身にしみた。

だから、なにかを相談するのもみじめだった。

けれど何度も受話器をとったり置いたり、迷《まよ》いながら結局電話をかけたとき、エマはこう言ったのだった。

「……相談してくれるんだ……。エマに相談してくれるんだ……」

「おまえじゃねーから。おまえの叔父《おじ》さんとやらに、会わせてくれって頼《たの》んでんだよ」

「でも今は、エマに頼んでくれてるじゃん……」

電話の向こうで、スン、と鼻をすするような音がした。

「わかってるよ。あたしじゃ、どうにもできないもんね。今まで何度も言いかけたよ。『がんばってね』とか『力になるよ』とか。でも、そんな言葉、意味ないよね？　『適当《てきとう》なこと言うな』って怒《おこ》るよね？」

「……ぜってー怒る」

「だからどうしてていいやら、わかんなかった。でも、いつもモヤモヤしてたの。生活が違ってくると、友情《ゆうじょう》も壊《こわ》れちゃうんだなあって。話も合わなくなって、変に気をつかうようになって、結局こうやって距離《きょり》が遠くなっていくんだなあって。でもこの前、山之内《やまのうち》くんが必死に生活保護《せいかつほご》のこと調べてるの見て……。あたしなにやってたんだろうって思ったの」

エマの声が、ちょっと小さくなった。

「自分の叔父《おじ》さんが、大学でなに教えてるのかも、よく知らなかった。あの体操服《たいそうふく》の事件《じけん》のあと、みんなが樹希のこと腫《は》れものに触《さわ》るみたいになっても、なんにもできなくて」

「できねーだろ。みんな、もっと佐野さんと仲よくしてあげてとか、言われたくもねえし」

「けど、今回はほんとに力になれるっ！」

エマは、いつものアニメ声を張《は》りあげた。

「あたし、叔父さんに電話するから。すぐに電話するから。樹希んちの電話番号も、教えちゃっていいよね？」

そうしてエマは、あたしと叔父さんが連絡《れんらく》をとれるようにしてくれて、今日ここで会う手はずも整えてくれたのだった。

けれどこんなカフェで、大学の先生なんてえらい人と話すのは生まれて初めてだ。柄《がら》にもなく緊張《きんちょう》する。運ばれてきたアイスティーにミルクを入れようとしたら、手がプルプルと震《ふる》えてこぼしてしまった。

「だいじょうぶ？」

「あ……、すみません」

「いろいろ心配しているだろうから、結論《けつろん》から先に言うね」

エマの叔父《おじ》さんは、こぼれたミルクをおしぼりでふきとりながら、あっさり言った。

「きみと、きみのお母さんを助けられる可能性《かのうせい》、あります」

「え？」

「電話で聞いてた、きみんちの現状《げんじょう》だけど……。たしかに、これ以上お母さんの病状がひどくなったら、きみひとりじゃ支《ささ》えきれないよ。勉強だって、ろくにできなくなる」

「……はい」

「ホームヘルプサービスを、申しこんでみるといいんじゃないかな」

「は？」

「ホームヘルプサービス。家事を手伝ってくれる、ホームヘルパーさんに来てもらうんだよ」

「なに、言ってんの？」

頭が混乱《こんらん》した。

「お手伝いさん、雇《やと》えってこと？　そんな金持ちみたいなこと、できるわけないじゃん。うちは貧乏《びんぼう》なんだよ」

「勘違《かんちが》いしないで。きみんちで、お手伝いさんを雇えって言っているんじゃない。そういう制度《せいど》があるんだよ。病気や障《しょう》がいで、日常生活《にちじょうせいかつ》がうまく送れない人をサポートする制度。もちろん、今の状態《じょうたい》を審査《しんさ》されて、助けが必要だと認《みと》められたらの話だけどね」

「そんな制度《せいど》が……」

「それにヘルパーさんは、きみが想像《そうぞう》するような、お手伝いさんやメイドさんじゃないから。一日二時間、週二日くらいかなあ。一緒《いっしょ》に家事をしたり、外出に付《つ》き添《そ》ってくれたりするんだ。それによって、自分でできることを増《ふ》やす手助けをする。ヘルパーさんが訪問《ほうもん》することで社会とのつながりもできるし、病気にもいい影響《えいきょう》を与《あた》えるんじゃないかな」

「それって、お金は？」

「きみんちは生活保護《せいかつほご》家庭だから、かからない」

「そんなことしてもらったら、また言われるよ！」

思わず叫《さけ》んだ。

「生活保護受けてるうえに、無料でヘルパーさんかよって」

「じゃあ、どうすんの？」

エマの叔父《おじ》さんは、静かな声で聞いてきた。

「きみはまだ中学生で、親から独立《どくりつ》して生きることはできない。お母さんの状態は否応《いやおう》なく、きみにも妹さんにも影響してくるだろうね。それをひとりで全部背負《せお》うんだね」

「そ、それは……」

無理。どう考えても無理。

けれど、きっとまたこう思われると考えると、耐《た》えられない気がした。

こいつらいったい、どこまで援助《えんじょ》させるつもりなんだ？

あれもこれも、こんなに助けてもらわなきゃ生きられないハハ。そのことでいちばん苦しんでいるのはハハ自身かもしれないけれど、やっぱり肩身《かたみ》が狭《せま》すぎる。情《なさ》けない……。

「あのさ、情けなかろうがなんだろうが、助けが必要なときは必要なんだ。もう、受け入れようよ」

ズバッと言われて、ギョッとした。

「なんで、あたしが考えてること、わかんの」

「ぼくさ、昔ケースワーカーしてたんだ」

叔父《おじ》さんは、過去《かこ》を思い起こすような遠い目になった。

「地方の役所で生活保護《せいかつほご》を担当《たんとう》してたんだ。だから、きみの気持ちも少しはわかる。けどさ、嘆《なげ》いても責《せ》めても、人って決して変わらないんだよね。返す言葉もなくて、ただうずくまってしまう。変わるとしたら、誰《だれ》かと上手に関わりを持てたときだけ」

ふといちばん初めに来てくれていた、ケースワーカーのおばさんを思いだした。あのおばさんと他愛《たわい》のない話をしているときのハハは、とても穏《おだ》やかな顔をしていた。あのころは、今よりずっと体調もよくて、奈津希《なつき》の世話もできたのだ。

「助けが必要なときに受けずにいると、人は泥沼《どろぬま》にはまる。お酒に逃《に》げる人、犯罪《はんざい》に走る人、自殺してしまった人……。そんな人たちをいっぱい見てきた。

かっこ悪すぎてエマにも言ったことないけど、ぼくはたった二年でケースワーカーをやめたんだ。必死にそういう人たちと向きあおうとしたあげく、体を壊《こわ》してね。そのあと大学院に入りなおして今は大学で教えてるけど、あの人たちが泥沼にはまる前に、どうして助けられなかったんだという思いは今もあるよ」

——泥沼——

そうだ。そこにはまるのが怖《こわ》くて、自分の将来《しょうらい》をそこに呑《の》みこまれたくなくて。だからこそ、この人に相談しに来たのに。どうしていつまでも、おんなじところをグルグル回っているんだよ、あたしは！

「教えて」

お腹《なか》の底から声が出た。

「その制度《せいど》のこと、もっとくわしく。それから、どうやって申しこんだらいいのかも」

「いいねえ」

エマの叔父《おじ》さんがニッと笑った。

「いくらでも教えるよ。遠慮《えんりょ》は無用。きみんちが制度《せいど》を利用することで、いずれは社会全体の利《り》益《えき》になるんだしね」

「利益？」

「ああ、簡単《かんたん》な計算じゃないか。きみが将来《しょうらい》、生活保護《せいかつほご》を受け続けるのと、しっかり勉強して社会に貢献《こうけん》できるようになるのと、どっちがプラスになると思う？　きみは施《ほどこ》しを受けているんじゃない。社会から、投資《とうし》をされているんだよ」


エマの叔父《おじ》さんとカフェで別れて、市役所に向かう。

今から、ハハがその制度を利用できるように頼《たの》みに行く。

「ひとりで行く。だって、うちの家のことなんで」

残ったアイスティーを一気飲みして立ち上がったら、叔父さんは「え？」という顔をした。

ついてくよ。大学は午後からの出勤《しゅっきん》にしてあるし。中学生がひとりじゃ無理だよ。

心配そうに言ってくれるのを、「だいじょうぶです」と振《ふ》り切《き》った。

少し……、いやだいぶ後悔《こうかい》してる。

だいじょうぶじゃない。だってこんなにドキドキしてる。

近づいてくる、市役所の建物。そそり立つように大きく見える。社会、というもののシンボルみたいだ。

握《にぎ》りしめた手を開いてみる。さっき叔父《おじ》さんが書いてくれた何枚《なんまい》ものメモが、ぐっしょりと汗《あせ》で湿《しめ》っている。

字がにじんだら、たいへんだ。急いでポシェットに移《うつ》して、ハンカチを出して掌《てのひら》をふいた。

乾《かわ》いた手で、ポシェットからメモをひっぱり出してにらみつける。

利用申請《りようしんせい》　居宅介護《きょたくかいご》　支援区分認定《しえんくぶんにんてい》　認定審査会《にんていしんさかい》　調査員訪問調査《ちょうさいんほうもんちょうさ》　主治医意見書《しゅじいいけんしょ》……。

お経《きょう》かよ。漢字ばっかりじゃないか。

どうして制度《せいど》って、こんな難《むずか》しそうな言葉でできてるんだろ。やっぱりあの人にみんな任《まか》せて、そばで突《つ》っ立《た》っていたほうがよかったんじゃ……。

けれど、エマの叔父さんは頼《たの》もしすぎた。頼もしすぎて、今まで張《は》りつめていた糸がプツンと切れてしまいそうだった。

あたし、ほんとは強くなんかない。頼《たよ》れるものがいないから、今までしかたなくひとりで立っていただけだ。

なんとかしてください、どうにかしてください。あたし、なんにもわかんないんです。

そう言える誰《だれ》かにいったん丸投げして寄《よ》りかかったら、もう意地も気力も、みんなはがれて落ちてしまう気がした。それがとても怖《こわ》かった。

弱くなりたくない。山之内が示《しめ》してくれた、ささやかな希望の光。崖《がけ》の下から見上げる空みたいで。だからこそ強くならなきゃ、あの崖は登っていけなくて。

しかし、ひとりで市役所に乗りこむことを思うと、それもやっぱり怖《こわ》かった。

「生活保護《せいかつほご》受けてるやつは、生活保護って書いたTシャツ着ればいいんじゃね？」

あの言葉、今でも胸《むね》に深く食いこんでる。おまえら、普通《ふつう》の人間じゃない。人間未満だと言われた気がした。思いだすたび息が苦しい。

市役所の人たちも、きっとこう言うんじゃないのか？

生活保護んちの子どもが、まだまだもっと援助《えんじょ》してほしいって言いに来たぜ。困《こま》ったもんだぜ、まったくもう！

思わず立ち止まる。足が重くて前に出ない。

そのとき。さっき言われた言葉が、心に聞こえてきたのだった。

「きみは施《ほどこ》しを受けているんじゃない。社会から、トーシをされているんだよ」

トーシ、とうし、投資《とうし》……。

よくわかんないけど「投資」というのは、「将来《しょうらい》、得になりそうだから、今お金を出す」ってことだろう。可哀想《かわいそう》だから恵《めぐ》んでやるってことじゃない。未来のあたしが、もっとたくさんにして返してくると、期待してるから出す。

望むところだ。ギブ&テイク。ちゃんと大人になれたなら、二倍にも三倍にもしてバーンと返してやる。

しかし、それなら……。

あたしと社会は、五分五分じゃないか？

ふいに背筋《せすじ》がビッと伸《の》びた気がした。卑屈《ひくつ》にペコペコしなくっていい。無料のヘルパーさんだって、堂々と申しこんでいいような気がする。

深呼吸《しんこきゅう》をひとつすると、市役所の中に飛びこんだ。冷房《れいぼう》がひんやり体を包む。けれど頰《ほお》は燃《も》えるようだ。前に一度だけ来たことのある、「生活支援課《せいかつしえんか》」まで階段《かいだん》を駆《か》け上《あ》がる。

何人もの職員《しょくいん》が、来る人たちの応対《おうたい》をしている、その中にひとり、見知った顔を見つけた。鼻のわきにほくろがある若《わか》い男性《だんせい》。

うちの担当《たんとう》ケースワーカーだ。カウンターで書類を書いている。前には誰《だれ》も座《すわ》っていない。

「すみません！」

あたしは駆《か》け寄《よ》って、ケースワーカーの前にバン、と両手をついた。

「え？　あ……、樹希ちゃん？」

担当ケースワーカーが、びっくりした顔をしている。

「どしたの？　ちょっと今、ほかの人の手続きしてるんだけど」

しまった。順番に並《なら》ばなきゃならなかったのか？　けれど、このまま引き下がって待っているあいだに、勇気もなにも消えてしまいそうに思えた。

「順番抜《ぬ》かして、すみませんっ。でもちょっとだけ時間ください！」

振《ふ》りかえって頭を下げると、くるっとケースワーカーに向きなおる。

「うちのハハに！」

命綱《いのちづな》のように、持っていたメモに目を落とす。

「り、利用シンセーを……。キョキョ、キョタク介護《かいご》の……」

だめだ。噛《か》んでしまった。うまく言えない。

「ヘルパーさん、頼《たの》みたいんだよっ」

やけくそのように叫《さけ》んでしまった。はぁ？　という顔の担当《たんとう》ケースワーカー。

やっぱり適当《てきとう》にあしらわれて、追《お》い払《はら》われるんだろうか。涙《なみだ》ぐみそうになる。

「生活保護《せいかつほご》受けてるうえに、ヘルパーさんに来てもらいたいだなんて、厚《あつ》かましいと思うんなら思いなよ。けど必要なんだよ。助けてくれよ。今助けてもらえたら、あたしが何倍にもして、将《しょう》来《らい》ちゃんと返すんだからさ！」

それ以上言葉が出なくなって、持っていたメモを全部、カウンターにぶちまけた。

あぜんとしていたケースワーカーが、散らばったメモを見て拾い上げた。真剣《しんけん》な顔になって、字を目で追っている。

「これってアリだよな……」と、つぶやいた。

「認定《にんてい》さえ出たら、問題なく利用できる。お母さんが悪化してることも知ってたのに。忙《いそが》しさに紛《まぎ》れて、対応《たいおう》もできてなくて……」

え？　あたしが言ってること、ちゃんと受け止めてくれてる？

「お母さんがこのサービスを使えるかどうかは、まだわかりません。部署《ぶしょ》もこの生活支援課《せいかつしえんか》じゃなくて、別のとこになります。けどぼく、なんとか時間作ってサポートするんで。とりあえず番号札とって、もう一度並《なら》んでもらえるかな？」


夜になっても、ムウッと暑いアパートの部屋。

奈津希はお菓子《かし》の空き箱を積み上げて遊んでいて、あたしとケースワーカーはハハに向きあっていた。

「そんなわけで、樹希ちゃんがひとりで市役所に来てくれたんですけど……。なんといっても中学生ですし、お母さんご本人の意思を確認《かくにん》することも必要ですし」

ハハは、テーブルに置かれたパンフレットや書類にノロノロと視線《しせん》を向けた。

「こんなことまで……」

苦しげな表情《ひょうじょう》になって、首を左右に振《ふ》る。

「ただでさえ毎月、生活費を頂《いただ》いてるのに……。このうえ、ヘルパーさんにまで来てもらうんだなんて……」

「いえ、もちろん調査員《ちょうさいん》の審査《しんさ》を受けていただいてですね、この人には支援《しえん》が必要という、認定《にんてい》が出たらってことっすよ」

「審査？　認定？」

ハハの顔に、恐怖《きょうふ》の色が浮《う》かんだ。

「私《わたし》、審査されるんですか。今の私の状態《じょうたい》が、人さまの前にさらされるってことですか？」

「いや、さらすってのは違《ちが》うかと……。お医者さんの前で症状《しょうじょう》を説明するのと同じで」

「怖《こわ》い……。恥《は》ずかしい」

両方の手で顔を覆《おお》う。

「それに、こういうのに『認定』って、ますます『ダメな人認定』されるみたいで……」

「いまさら、なに？」

思わずハハに向かって叫《さけ》んでた。

「とっくにダメじゃん！」

「い、樹希ちゃん、それは言いすぎ……」

「病気のことを責《せ》めてるんじゃない。けどあんなに苦しんでたくせに、まだ見栄張《みえは》ってるってダメじゃん！　どうしていいやらわかんないくせに、ひとりでいたってダメじゃん！」

瞬《まばた》きもせず、ハハは固まっている。

「もっと根性《こんじょう》出せとか、働けとか、そんなことは言わない。けど、せめて自分の状況《じょうきょう》受け入れてくれよ。情《なさ》けなかろうがなんだろうが、今は助けてもらうしかないんだよ」

言いながら、あたしもこう思えるまでにどんだけかかっただろうと思った。山之内やエマの叔《お》父《じ》さんのおかげで、やっとたどり着けた。病気のハハに酷《こく》なことを言ってるんだろうか。いや、それでもどうしても言わなければいけない。

「いい？　あたしも奈津希も、まだひとりじゃ生きられない。だから親が不幸だと、一緒《いっしょ》に不幸になるんだよ。わかってんでしょ？　この前、自分で言ってたよね？」

ハハが、また泣きだしそうな顔になってあたしを見た。そして不安そうにこっちを見ている奈津希を振《ふ》りかえった。肩《かた》のへんが震《ふる》えている。

「だから、少しでもよくなってもらわなきゃ困《こま》るんだ。家族三人でさ、こっから立てなおすんだよ。みんなでここから抜《ぬ》け出《だ》すんだよ。それまで、しぶとく生きていくんだよっ！」

ハハが目を閉《と》じた。そして、再《ふたた》び目を開けた。ケースワーカーの前に両手をつく。

「……お願いします。その、審査《しんさ》とやら受けさせてください。今の私《わたし》の状態《じょうたい》を、どうか見てやってください」

その翌日《よくじつ》。

あたしは奈津希とアベルと一緒《いっしょ》に、夕暮《ゆうぐ》れの街を歩いていた。

「まだー？　疲《つか》れたよう」

奈津希がぐずる。

「もうちょっとだと思う。えっと……、方向はこれで、合ってるはずなんだよね」

手に持った手描《てが》きの地図を、もう一度確認《かくにん》する。

隣町《となりまち》のはずれにある、お寺の場所が赤い丸で示《しめ》してある。

「そうだ、樹希ちゃん。『こども食堂』って、行ったことある？」

きのうケースワーカーは、ハハが記入した書類をかばんにしまいながら、そう聞いてきた。

「『三心寺《さんしんじ》』ってお寺でやってるんだけどね。もしよければ、明日行ってみるといいよ。美味《おい》しい夕ご飯を食べさせてくれるんだ。大人は三百円かかるけど、子どもは無料！」

そうして、そのお寺の場所を地図に描いてくれたのだった。

無料で夕食？　その「こども食堂」とやらは、毎日タダで食べさせてくれるのか？　いくらなんでも、あんまり話がうますぎないか？　行ったら怖《こわ》い人たちがいて、タダ飯目当ての貧乏人《びんぼうにん》を、どこかに売り飛ばそうとしているとか……。

などという心配は、いらなかったみたいだ。

アベルが奈津希をおんぶして、汗《あせ》をかきかきたどり着いたそのお寺は、ただの健全なお寺だった。広い畳《たたみ》の部屋に、座卓《ざたく》と座布団《ざぶとん》が並《なら》べてある。けっこうたくさんの子どもや、その親らしき人たちもご飯を食べている。

作務衣《さむえ》を着た禿頭《はげあたま》のおじさん——たぶん、ここの住職《じゅうしょく》だろう——が、みなにお茶を配っていた。割烹着《かっぽうぎ》のおばさんたち、エプロンをかけた若《わか》い男女たちも、給食当番みたいに働いている。

お盆《ぼん》を持って列に並んだ。

湯気が上がる、炊《た》き立《た》てのご飯。

煮《に》こみハンバーグに、何種類も野菜が入ったポテトサラダ。

ふんわり黄色い卵焼《たまごや》き。

ナスの浅漬《あさづ》け。

お吸《す》い物《もの》には、そうめんとオクラとカマボコが入っている。

きな粉のかかったわらび餅《もち》も、デザートに準備《じゅんび》されていた。

食べ物がずらりと並んだお盆を、座卓に運んで「いただきます」と手を合わせた。

美味《おい》しい！

どの料理もやさしい味で、するすると胃に落ちていく。アベルはハンバーグを三口で食べてしまった。奈津希がお吸《す》い物《もの》のオクラを見て、「お星さまだあ」と喜んでいる。子ども茶碗《ちゃわん》にとりわけてやると、フォークでそうめんを幸せそうにすすった。

「初めてのお顔ですなあ」

関西訛《かんさいなま》りのある住職《じゅうしょく》さんが、ニコニコと話しかけてきた。

「お腹《なか》いっぱい食べていってな。月に二回だけやけど」

「えっ、月に二回だけ？」

かなりがっかりする。毎日、こんな料理が食べられるのかと勘違《かんちが》いしてた。

「ごめんやで」

住職がすまなそうな顔になる。

「気持ちとしては、毎日営業《えいぎょう》したい気持ちなんやけど、お寺の本業もあるしな。スタッフもみんな、ボランティアで来てもろてるから」

そりゃそうだろなと思った。この食材をどこから調達してんのか知らないけど、毎日こんなことしてたら破産《はさん》するに違いない。

「けど来たときには、ぎょうさん食べて、なんでもおしゃべりしていってな。ここのスタッフも、おしゃべりが好きな連中ばっかりやねん。ペラペラペラペラいらんことばっかりしゃべりよるけどな。おっ、あんた、ええ体してんなあ。遠慮《えんりょ》せんと、おかわりしいや」

ワハハッと住職《じゅうしょく》は笑うと、アベルの肩《かた》をバスッと叩《たた》いて行ってしまった。

あたしたちはガツガツとご飯を平らげ、デザートも食べ終えた。アベルと奈津希と三人、行儀《ぎょうぎ》悪《わる》くあおむけに寝《ね》っ転《ころ》がってお腹《なか》をさする。

いい気持ち――。

かけ軸《じく》を飾《かざ》ってある床《とこ》の間《ま》に、花が生けてある。立ち上がって見にいく。なんて花か知らないけど、紫色《むらさきいろ》の可愛《かわい》い花だ。

ほのぼのと見つめていると、後ろから声が聞こえてきた。

「ご飯、今日は十分いきわたってよかったわ」

「ええ。この前の教訓で、炊《た》く量を増《ふ》やしましたからね」

チラッと振《ふ》りかえると、中年の女性《じょせい》と若《わか》い女性が食器を片《かた》づけながらしゃべっている。どうやらここの、ボランティアスタッフらしい。

「みんな、たくさん食べてくれるから作《つく》り甲斐《がい》があります」

「けど再来週《さらいしゅう》はあなた、お休みだったわよね。看護実習《かんごじっしゅう》とかで」

「再来週はだいじょうぶです。実習は来月の後半からですから。そのあいだは、ちょっと来られなくなっちゃうけど。終わったらまた必ず手伝いに来ますね」

「看護師《かんごし》さんの卵《たまご》はたいへんねえ。忙《いそが》しいのに、来てくれてありがたいわ」

看護師さんの卵……。

その言葉に脳《のう》が反応《はんのう》して、あたしは水色のエプロン姿《すがた》のお姉さんを、穴《あな》があくほど見つめてしまった。長い髪《かみ》を後ろに束ねて、小柄《こがら》だけれどなかなかきれいな人だ。

目が合った。その人はちょっと戸惑《とまど》ったみたいに、あたしを見返した。

「なにか？」

「……別に」

恥《は》ずかしくなって背《せ》を向けると、奈津希とアベルの元にもどりかける。

「ちょっと待って。初めて来たお客さんだよね？」

後ろから呼《よ》び止《と》められた。メゾソプラノの声が、耳に温かかった。

「お食事、どうだった？　量とか足りなくなかった？」

「美味《おい》しかったです。お腹《なか》いっぱい」

振《ふ》りかえって答えたそのとき、なぜだかするっと、言葉が口からこぼれ出たのだった。

「あのう……、将来《しょうらい》、看護師さんになるんですか？」

15　旅立ち　〈山之内和真《やまのうちかずま》〉

ルルルルル　ルルルルル

さっきからリビングで、家の電話が鳴っている。

母さん、出ないのか？

自分の部屋のベッドで、胎児《たいじ》のように体を丸めながら、ぼくは顔をしかめる。

そして、ああ、今日は穂波《はなみ》がバレエのレッスンだったと思いだす。母さんは、その送迎《そうげい》で家を空けているのだろう。

ルルルルル　ルルルルル　ルルルルル

しばらくコール音が続いていたけれど、やっと止まった。

時計を見ると夕方だった。夏休みに入ってから、曜日の感覚も時間の感覚も、よりいっそう薄《うす》くなっている気がする。自分がここで、息をしているという現実感《げんじつかん》すらも。

今もし、誰《だれ》かがぼくの写真を撮《と》ったなら、心霊写真《しんれいしゃしん》みたいに体が半分透《す》けているかもしれない。

日に日に誰《だれ》からも見えなくなって、そのうちシュウッと空気に溶《と》けて消えるのだ。

まだだろうか。早く、その日が来ればいいのに。

タオルケットにしみついた自分の匂《にお》いを嗅《か》ぎながら、また空虚《くうきょ》な気分に襲《おそ》われる。あの事件《じけん》で「居場所《いばしょ》」を失って以来、心の置きどころも見失った。

それなのに、ぼくは母さんが部屋の入り口の前に、置いていくご飯だけは食べるのだった。ドアを薄《うす》く開け、誰もそこにいないことを確認《かくにん》すると、素早《すばや》くお盆《ぼん》を部屋に引き入れバタンと閉《と》じる。やどかりみたいだ。

そうして、「今日はカレーライスか」「ちらし寿司《ずし》か」などと思いつつ、意気地《いくじ》なくそれを食べる。なぜ、消えたいとすら願っているのに、せっせと栄養を補給《ほきゅう》しようとするのか。なぜそのような、生きることにつながるような行為《こうい》をしてしまうのか。

その矛盾《むじゅん》に、ぼくはますます自分が情《なさ》けなくなり、「生《い》き恥《はじ》をさらしている」などという言葉すら頭をよぎる夏なのだった。散髪《さんぱつ》にも行っていない、伸《の》びてボサボサの頭をかきむしると、自分がもはや山の動物になってしまった気もするのだった。

ルルルルル　ルルルルル
またリビングの電話が鳴り出した。うるさい。イライラとする。

しかし、ふと不安も頭をよぎった。

これが、なにか事故《じこ》の連絡《れんらく》であるという可能性《かのうせい》は？

たとえば、母さんと穂波が交通事故にあったとか。父さんが、重病になって倒《たお》れたとか。

先日トイレの前でばったり顔を合わせてしまったとき、父さんはやっぱりオドオドしていた。そして前より少しだけ痩《や》せて、老《ふ》けたように見えた。

この世はなにが起きるかわからない。「カフェ・居場所《いばしょ》」が放火されたくらいなのだ。

しかし、なにもかもどうでもよくなっているくせに、こんな不安におびえる。もはや、うっとうしいという思いしかないはずの家族たちを心配する。

これまた矛盾《むじゅん》した気持ちは、いったいどこから来るものだろうか。なぜ人間の心は、こうも説明しがたい感情《かんじょう》に満ちているのだ？

ぼくはノロノロとベッドから身を起こし、自分の部屋からリビングへと向かった。

ルルルルル　ルルルルル
着信している電話機には、覚えのない携帯電話《けいたいでんわ》の番号が表示《ひょうじ》されている。やはり、なにか不吉《ふきつ》な知らせなのだろうか。

「……はい」

耳に受話器を当てたが、誰《だれ》の声も聞こえてこなかった。

「もしもし？　……もしもし？」

呼《よ》びかけてみたが、シーンとしている。なんだ、いたずら電話か。

頭にきて切ろうとしたとき、風が鳴るようなかすかな音が、耳に届《とど》いてきたのだった。

人の鼻息？

フゥン、フゥン、というその鼻息は、記憶《きおく》の中にあるなつかしい音だった。

「あ……、アベル……くん？」

フゥン、と鼻息が大きくなった。

「アベルくんだよね？」

また鼻息。

そしてピーポーピーポーと、救急車の音がバックに聞こえた。

しかし、やけに大きい。これは電話からだけでなく、ほんとに近くで発生している音のような気がする。ぼくはコードレスの受話器を持ったまま、リビングのガラス戸を開けるとベランダに飛び出した。

大通りの方向から救急車の音がはっきり聞こえてきて、やがて小さくなり遠ざかっていった。受話器からも、その音はしなくなった。

けれどあいかわらず、フゥンフゥンと鼻息のみが。

マンション四階のベランダから下を見ると、手入れの行《い》き届《とど》いた花壇《かだん》や木々。その手前を通っている遊歩道が見える。

その遊歩道に立ち、携帯《けいたい》を片手《かたて》にこちらを見上げている大きな体の少年。

「……アベルくん！」

アベルくんはぼくの姿《すがた》を認《みと》めると、ニィッと白い歯を見せた。満面の笑顔《えがお》で、こちらに向かって手を振《ふ》っている。

「アベルくん……、どうしてここに」

そのとき、死角になっていた植えこみの陰《かげ》から、いきなり誰《だれ》かが飛び出してきた。白っぽいTシャツにジーンズをはいた、ショートカットの女子。

「おい！」

よく通るアルトの声が下から響《ひび》いてくる。こちらを見上げて、アベルくんの携帯をひったくった。

佐野《さの》さん？

ぼくは反射的《はんしゃてき》に、部屋の中に逃《に》げこもうとした。

「逃げんな！」

持っている電話の受話器から、耳をつんざくような叫《さけ》び声《ごえ》。

15　旅立ち〈山之内和真〉

「逃《に》げんな、山之内！　アベル見捨《みす》てんのか？　おまえに会いたがって、わざわざここを調べてきたんだぞ。おまえ、アベルの先生じゃなかったのかよっ！」

その声に、ぼくの体は固まった。「カフェ・居場所」でアベルくんを教えていたころの記憶《きおく》が、くっきりとよみがえってくる。

割《わ》り算《ざん》、分数、図形の面積、比例《ひれい》して増《ふ》えていく水槽《すいそう》の水……。

「店はやっと修理《しゅうり》が始まったよ。秋にはリニューアルオープンするってよ。マスターがおまえに、心配すんなって。おまえはなんにも悪くねーからって、伝えてくれって！」

聞こえてくる佐野さんの声は凛《りん》としていて、どこか労《いたわ》りにも満ちていて、ぼくは受話器を耳から離《はな》すことができなかった。

もう少しで空気に溶《と》けこんでしまいそうなぼくを、現世《げんせ》につなぎとめてくれる、細いロープのようだった。

「アベルとあたし、また『あおぞら』にも行き始めたんだ」

「『あおぞら』……」

思わず、その名前を復唱《ふくしょう》する。

「そうだよ。市がやってる無料塾《むりょうじゅく》だよ。あたし、あそこに行くのやめてた。貧乏人《びんぼうにん》への施《ほどこ》しだと思ってたし、ずるいのなんの言われるのが嫌《いや》だったからな。けど、おまえ言ってくれたよな。ずるくなんかないって。それは権利《けんり》なんだって！」

ぼくは黙《だま》って、佐野さんの声を聞く。そうだ、まだ「居場所」が火事になる前だ。そんなことを佐野さんと話したような記憶《きおく》がある。

もう、遠い遠い昔のことのように思えてしまうけれど。

「それからおまえ、こうも言ったよな。制度《せいど》ってのは、知らないと確実《かくじつ》に損《そん》をするって。あたしだって、もう気力もなにもなくなりそうだったんだ。けどもう損すんのだけは、ごめんだって思ったんだ。実はハハの具合がますます悪くて、このままだと勉強どころじゃなくなりそうで」

そんなことが？　ぼくは驚《おどろ》いて、受話器を耳に押《お》しあてる。

「だからあたし、必死でエマの叔父《おじ》さんに相談した。病気や障《しょう》がいのある人に、ヘルパーさんを派遣《はけん》してくれる制度があるんだって。市役所に行って、それを申しこんだ。審査《しんさ》とかこれからだし、ほんとに来てもらえるかどうかまだわかんないんだけど」

安堵《あんど》の思いで息をつく。城田《しろた》さんの叔父さんなら、きっと頼《たよ》りになるだろう。彼《かれ》は社会学の先生だから、そういう制度にもくわしいはずだ。

制度……。あのとき読んだ「生活保護手帳《せいかつほごてちょう》」のことをぼんやりと思いだした。

あれは、貧困《ひんこん》に苦しむ人を助けようとする制度だった。病気や障がいのある人を支援《しえん》する制度もあるのか。

「……おい、聞いてるか、山之内！」

佐野さんの声に我《われ》に返る。

「この前は担当《たんとう》ケースワーカーに教わって『こども食堂』ってとこにも行ったんだ。『三心寺《さんしんじ》』っていうお寺でやってて、あたしらみたいな子どもに、タダで夕ご飯を食べさせてくれる。関西弁《かんさいべん》の住職《じゅうしょく》とか、ボランティアの人もいっぱいいてさ。あたしそこで、大学の看護学部《かんごがくぶ》に通ってる人と知り合ったんだ」

耳にビンビンと響《ひび》く彼女《かのじょ》の声は、前にも増《ま》して生命力に満ちていた。

眉《まゆ》を上げて、あちこち訪《たず》ね歩く彼女の姿《すがた》が見えるようだった。

「その人の家も、生活が苦しかったんだって。だからお金をかけずに勉強する方法、よく知ってるんだ。働きながら准看護師《じゅんかんごし》って資格《しかく》をとってから、看護師になる方法とか。将来《しょうらい》そこで働くって約束すれば、学費をもらえる病院があるとか。いろいろ調べつくしたけど、今は奨学金《しょうがくきん》とバイトでなんとか大学に通えてるって」

空っぽな心に佐野さんの声が水のように流れこみ、少しずつ水位を上げていく。アベルくんに、比例《ひれい》の問題を教えたときみたいだ。

水はゆるゆると、乾燥《かんそう》しきったぼくの心にしみこんでいく。

「……よかった……」

吐息《といき》とともに言葉が滑《すべ》り出《で》た。

「いろんな情報《じょうほう》を得られて、ほんとうによかった」

「だけど、これからだから」

覚悟《かくご》を決めたような声に、一瞬《いっしゅん》息を止める。しばらく会わないあいだに、佐野さんは前より少し大人びた気がする。

「使えるものはみんな使って、やっていこうって決めた。けどまだ、ひとつも変わってないから。うちはあいかわらず生活保護《せいかつほご》だし、ハハはなんにもできないし、奈津希はまだまだ手がかかる。こっからスタートするってことに変わりはないから。

でも、やるっきゃない。やってやるよ。だってあたし、タフだから！」

片手《かたて》を胸《むね》に置き、半分自分に言いきかせるようなその口調。

「山之内、おまえは今までなにをしてたんだよ？」

いつにも増《ま》して強い視線《しせん》が、射《い》るようにぼくを見上げた。

ぼく……？　ぼくは……。

なにもしていなかった。ただ思考を停止して逃《に》げていた。人の悪意に打ちのめされ、自責《じせき》の念《ねん》にも打ちのめされ、外界から自分を遮断《しゃだん》した。

ぼくがそうしているあいだ、佐野さんはあちこちを訪《たず》ね、新たな人に会い、状況《じょうきょう》を変えようともがいていたのに。

「おまえはあたしとアベルに、いろんなことを教えてくれた。ややこしい制度《せいど》を調べあげて、わかるように説明してくれた。難《むずか》しい法律《ほうりつ》の言葉もスラスラッと暗唱できる。あたし、言ったよな。おまえみたいなやつが、この世にいてくれないと困《こま》るって！」

その瞬間《しゅんかん》。

ぼくは、あのとき覚えた法律の条文《じょうぶん》を、くっきりと思いだしたのだった。

――生活保護法《せいかつほごほう》　第一章　第二条
『すべて国民は、この法律の定める要件《ようけん》を満たす限《かぎ》り、この法律による保護を、無差別平等に受けることができる』――

ああ、ぼくは、あのときあの文章を美しいと思ったのだ。

この世は、あらゆる不条理に満ちている。

弱いものはいっそう弱く、強いものはいっそう強く。互《たが》いの世界を知ろうともせず。

けれども……。

そのときアベルくんが、背中《せなか》のバッグからなにかをとり出すと、両手で持って高々とさしあげた。

目をこらして見ると、勉強のノートだった。

畳《たたみ》の部屋のちゃぶ台で、アベルくんが書いた蟻《あり》のような小さな文字。ぼくが描《か》いた、いくつもの花まる。

目の中が熱くなり、つーっと温かいものが頬《ほお》を伝ってしたたりおちていく。

少しでも、少しでもぼくは、きみたちの力になれた？

人はなんのために勉強するのだろう。その問いの答えを、長らく見失っていた。

けれどアベルくんがうれしげに、誇《ほこ》らしげに掲《かか》げているノートを見たとき、気がついたことがある。

ぼくは勉強が好きなのだ。小さいときから、好きだった。

「カフェ・居場所」に火をつけられて、自分自身も灰《はい》にされたような気持ちでいた。けれど、ぼくの中に、この気持ちはまだ焼け残っている。

――知りたい――

15　旅立ち〈山之内和真〉

常《つね》に波立ち、流れていくこの社会のことを。

美しくもあり、なにかが足りていないような法律《ほうりつ》や制度《せいど》を。

ずっと父さんに言われるがまま、勉強してきた。高得点をとるため、小さな解答欄《かいとうらん》に学んだことを書き入れ続けてきた。その作業に疲《つか》れていた。

けれど、ぼくの知識《ちしき》や思考を、もっと大きな場所に向けて放っていくとしたら？

今を生きる人々の中へ。

もがきながら、迷《まよ》いながら、それでも生きていく人々の中へ。

「佐野さん、アベルくん」

「なんだよ」

「ぼくは……、思うんだ」

「なにを？」

「そこにいて。これから話しに行く」

電話を切って、ベランダから玄関《げんかん》へと歩み出す。

ドアを開けると、風が吹《ふ》きつけてきた。夕方なのに熱い夏の風だ。

探《さが》せ、おまえの真の居場所《いばしょ》を。

そう言うように、ボサボサに伸《の》びたぼくの髪《かみ》をあおった。

装画　西川真以子
装幀　坂川朱音

安田夏菜（やすだ　かな）
兵庫県西宮市生まれ。大阪教育大学卒業。『あしたも、さんかく』で第54回講談社児童文学新人賞に佳作入選（出版にあたり『あしたも、さんかく　毎日が落語日和』と改題）。第5回上方落語台本募集で入賞した創作落語が、天満天神繁昌亭にて口演される。ほかの著書に『ケロニャンヌ』『レイさんといた夏』『くじらじゃくし』『なんでやねーん！』（以上、講談社）、『あの日とおなじ空』（文研出版）などがある。日本児童文学者協会会員。

【主な参考文献】

『生活保護手帳　2016年度版』（中央法規出版）
『生活保護手帳　2017年度版』（中央法規出版）
『精神障がい者と家族に役立つ社会資源ハンドブック』（特定非営利活動法人全国精神保健福祉会連合会）
『健康で文化的な最低限度の生活　1〜6』（柏木ハルコ、小学館）
『生活保護リアル』（みわよしこ、日本評論社）
『生活保護から考える』（稲葉剛、岩波書店）
『生活保護　vs　子どもの貧困』（大山典宏、ＰＨＰ研究所）

この本は、二〇一八年十月時点の制度に基づき、執筆しています。

むこう岸《ぎし》

二〇一八年十二月 四 日 第一刷発行
二〇二四年 六 月十四日 第八刷発行

著　者　安田夏菜《やすだかな》

発行者　森田浩章
発行所　株式会社講談社　（〒一一二―八〇〇一）
東京都文京区音羽二―一二―二一
電話　編集　〇三（五三九五）三五三五
販売　〇三（五三九五）三六二五
業務　〇三（五三九五）三六一五

印刷所　株式会社新藤慶昌堂
製本所　株式会社若林製本工場
本文データ制作　講談社デジタル製作

N.D.C.913　255p　20cm　ISBN978-4-06-513908-0

この本は、書き下ろしです。